whose bed have your claws been under

MONSTERVILLE, BUCH 5

AVA ROSS

ENCHANTED STAR PRESS

WHOSE BED HAVE YOUR CLAWS BEEN UNDER

Monsterville, Buch 5

Titelbild von Wolfraven Studio

Bearbeitung durch Owl Eyes Proofs & Edits

Übersetzer: Anne Lomberg

Für meine Eltern,
die immer daran geglaubt haben, dass ich es schaffen kann.

serien auf deutsch von ava

Galaxie-Spiele

Bestialischer Alien-Boss

Die Schicksalsgefährten der Ferlaern-Krieger

Feiertagsdate mit einem Alien
(Frost, Sleye)
(Science-Fiction Weihnachtsgeschichten)

Monsterville

ohne titel

WHOSE BED HAVE YOUR CLAWS BEEN UNDER

Mein Ex-Freund wurde in eine Medusa verwandelt und er hat ein Auge auf mich geworfen.

Vor zehn Jahren war ich überzeugt, dass ich eines Tages meinen Highschool-Freund Darrow heiraten würde. Aber als ein verrückter Wissenschaftler an ihm und anderen in Petrified Woods experimentierte, wurden sie in Monster verwandelt. Meine Eltern schleppten mich aus der Stadt, bevor ich mich vergewissern konnte, dass es Darrow gut ging. Kurz darauf sagte man mir, dass er gestorben sei.

Jetzt bin ich wieder in Petrified Woods, um bei der Hochzeit eines Freundes die Trauzeugin zu sein. Und rate mal, wer der Trauzeuge ist?

Darrow.

Er ist nicht tot.

Sein stählerner Blick könnte mir mit einem einzigen Blick das Herz durchbohren.

Und er ist sauer auf mich, weil ich ihn verlassen habe.

Whose Bed Have Your Claws Been Under? Ist ein Teil der Monsterville-Serie, USA. Jedes Buch kann für sich alleinstehen, aber am besten liest man sie in der Reihenfolge. Freu dich auf romantische Verwicklungen mit Monstern, erotische Momente und Happy Endings.

Anmerkung: Wir haben uns entschieden, für Darrow einen männlichen Artikel des Gorgone zu verwenden, auch wenn wir natürlich wissen, dass das grammatikalisch nicht korrekt ist.

Entdecke die ganze Welt von Monsterville!
Candy for my Ork Boss
Ork Me Baby One More Time
Gargoyles Just Want to Have Fun
Don't Go Knotting My Heart
Whose Bed Have Your Claws Been Under?
Uptown Oger
Oops, I Elf'd it Again
My Ork-y Breaky Heart
Hold Me Closer, Fiery Phoenix
Who Let the Dämon Out?

KAPITEL 1

paige

„Du siehst umwerfend aus", sagte ich zu meiner Freundin Monica. Sie stand vor einem langen Spiegel in einem der fünfundzwanzig Schlafzimmer des Schlosses, ihr schlanker Körper war in ein weißes Hochzeitskleid gehüllt, das für eine Prinzessin angemessen war.

Poppy, deren orkgrünes Gesicht vor Aufregung und Anspannung verzerrt war, bauschte Monicas Kleid auf und nahm ein paar Änderungen in letzter Minute vor, obwohl das Kleid eigentlich schon perfekt war.

„Meinst du?", erwiderte Monica, und ihr tränenüberströmter Blick wanderte von meinem zu Poppys Blick im Spiegel. „Ich sehe immer wieder Bilder von meiner Mutter, die dieses Kleid trug, als sie meinen Vater heiratete, und jetzt werde ich es tragen, wenn ich zum Altar schreite und in Trevors Arme falle. Vielen Dank, dass du mir bei den Änderungen geholfen hast, Poppy." Sie umarmte unsere Freundin und Poppy strahlte, ihre Wangen verdunkelten sich. „Wenn doch nur Mom hier sein könnte, um mir bei den Vorbereitungen zu helfen. Wenn nur Dad hier wäre, um mich zum Altar zu führen, obwohl ich mich geehrt fühle, dass Gunner sich bereit erklärt hat, dies zu tun."

Gunner war der ältere Bruder von Poppy und ein guter Freund des Bräutigams.

Da Monicas Mutter tot war, hatte sie nur mich, ihre beste Freundin aus der Highschool und Poppy, die sie in diesem wunderbaren Moment ihres Lebens begleiteten.

Ich wischte ihr vorsichtig die Tränen weg. „Lass das jetzt. Ich weiß, dass das Weinen bei Hochzeiten üblich ist, aber ruiniere dein Make-up nicht, bevor du mit Trevor vor dem Altar stehst."

Nickend biss sie sich auf die zitternde Unterlippe und glättete die Vorderseite ihres Kleides. Es war aus feinster Seide und Tüll gefertigt und hatte aufwendige Perlenstickereien und Spitzen entlang des Mieders. Hinten lief es lang aus und Poppy hatte ihr versprochen, den Rock hochzuhalten, damit er auf dem Weg zur Kapelle nicht schleift.

Ich trat einen Schritt zurück. „Du siehst wunderbar aus. Trevor wird derjenige sein, der weint, wenn er dich zum Traualtar schreiten sieht."

Elisa, Monicas Hochzeitsplanerin murmelte zustimmend, als sie in der Nähe stand.

„Vielen Dank, dass du hier bist Paige", seufzte Monica. „Ich weiß, dass wir uns erst vor sechs Monaten wiedergefunden haben, aber es bedeutet mir alles."

„Es gibt keinen Ort, an dem ich lieber wäre. Jetzt lass uns zu dieser Kirche gehen, damit du heiraten kannst", erwiderte ich mit einem breiten Lächeln.

Die Tür öffnete sich hinter uns und der Besitzer des Schlosses, Bart, ein Minotaurus, steckte seinen Kopf herein. „Es ist so weit." Sein Blick schweifte über uns und blieb auf

Poppy haften. Farbe stieg in seine pelzigen Wangen und seine Hufe trommelten auf den Boden.

Poppy verbarg ihr Grinsen. Diese beiden. Ich schüttelte den Kopf. Seit wir heute Morgen angekommen waren, machten sie sich gegenseitig schöne Augen. Bei mehr als einem Paar schien Romantik in der Luft zu liegen.

Nicht für mich. Ich hatte meine Chance vor zehn Jahren, als ich sechzehn war, aber er starb.

Monica hielt sich an meinen Armen fest und hüpfte auf der Stelle. „Ich werde gleich Trevors Braut werden!"

Ich war überrascht, als sie mich bat, ihre Trauzeugin zu sein, obwohl ich gerührt war. Als meine Familie aus den Petrified Woods floh, habe ich nie zurückgeblickt. Die Erinnerung an diese Zeit verfolgte mich noch immer.

Ein verrückter Wissenschaftler hat Darrow und andere Stadtbewohner entführt, um an ihnen zu experimentieren. Sie entkamen, aber sie waren nie mehr dieselben ...

Darrow schrieb mir nach seiner Flucht eine SMS und sagte mir, dass er sich nicht gut fühle. Irgendetwas war schrecklich falsch. Er war verängstigt.

Meine Eltern wollten mich nicht zu ihm gehen lassen und sagten, ich solle das den Medizinern überlassen.

Es dauerte nicht lange, da hörten wir Schreie, die durch unsere kleine Stadt hallten, und das Getuschel von *Monstern*.

Meine verängstigten Eltern packten all unser Hab und Gut zusammen und flohen in der nächsten Nacht. Das war das erste Mal, dass ich nach Petrified Woods zurückkehrte.

„Du bist wunderschön Süße." Poppy lüftete Monicas Schleier. Auf ihr Nicken hin lächelte Monica und ging zur Tür.

„Ich bin so froh, dass ich dich auf Facebook gefunden habe", sagte Monica.

Als Bart die Tür ganz öffnete, reichte ich Monica ihren prächtigen Strauß.

„Wenn du mich nicht gefunden hättest, wäre ich nie in die Stadt zurückgekehrt." Wie konnte ich nur, als Darrow starb? Als meine Eltern es mir sagten, brach ich zusammen. Wir waren beste Freunde, seit wir klein waren. Wir hatten uns sogar gegenseitig damit aufgezogen, eines Tages zu heiraten. Wir hatten uns nur geküsst, aber ich wusste, mit wem ich mein erstes Mal haben wollte.

Meine Träume starben zusammen mit ihm.

Wir verließen den Raum und folgten Elisa die große Treppe hinunter. Unten wartete Bart, rote Umhänge hingen über seinen Arm.

Als wir zu ihm kamen, legte er jedem von uns einen um die Schultern. Bei Poppy hielt er inne und band ihr locker eine weiße Schleife um den Hals. Er stand da und starrte sie an, während sie das Gleiche tat und ich begann zu glauben, dass wir grau sein würden, bevor wir in der Kirche ankamen.

„Leute", lachte Monica. „Später okay?"

Poppy errötete. Bart stolperte rückwärts und wäre beinahe gestürzt, als einer seiner Hufe auf dem Teppich hängen blieb.

„Ich entschuldige mich", sagte er und verbeugte sich vor uns. Er streckte die Hand aus. „Bitte."

Die Kapelle befand sich im hinteren Teil des Schlosses, während der Empfang im großen Ballsaal stattfand, der sich über die Hälfte des zweiten Stockwerks erstreckte. Wir durchquerten das Foyer, gingen einen Flur entlang und hielten an der hinteren Eingangstür inne.

Bart stapfte um uns herum und öffnete sie.

Als ich nach draußen trat, hielt ich auf der großen Steinterrasse inne, um die frische Winterluft einzuatmen. Poppy hantierte mit Monicas Schleppe und passte auf, dass sie nicht in den Schnee fiel.

Monica grinste in meine Richtung, ihre Tränen waren verschwunden. „Ich kann es kaum erwarten, Trevor zu heiraten."

Und nach dem, was ich gestern Abend beim Probe-Dinner erlebt hatte, empfand er das Gleiche.

Die einzige Person, die bei dem Essen fehlte, war der Trauzeuge. Ich würde ihn erst bei der Hochzeit kennenlernen, aber das spielte keine Rolle. Sobald das Hochzeitswochenende vorbei war und Monica und Trevor in zwei Tagen in die Flitterwochen aufbrachen, würde ich aus Petrified Woods verschwinden und nie wiederkommen.

„Er ist eine Medusa", hatte Monica geflüstert, wenn auch nicht schockiert. Immerhin heiratete sie einen Oger. „Er hat schlangenähnliches Haar, das ein Eigenleben hat, obwohl es irgendwie sexy ist. Es ist silbern", hatte sie hinzugefügt. „Genau wie seine Haut, die allerdings eine hellere Farbe hat. Er ist irgendwie süß, wenn auch traurig." Sie hatte die Stirn gerunzelt. „Ich glaube, dass etwas Schreckliches passiert ist, nachdem er verwandelt wurde, aber niemand hat mir etwas davon erzählt. Er ist Bildhauer und betreibt ironischerweise eine Bildhauerwerkstatt." Dabei hatte sie ein schallendes Kichern ausgestoßen. „Verstanden? Gorgone. Bildhauerei? Ich habe Trevor einmal gefragt, ob er seine Statuen gießt oder ... erschafft."

„Sie erschaffen?", hatte ich gefragt.

„Weißt du", hatte sie mit leiser Stimme erwidert, „er hat sie mit seinen Laseraugen in Stein verwandelt."

Ich war mir nicht sicher, was ich glauben sollte, aber ich würde ihn bald kennenlernen. Ich kannte keine Bildhauer, geschweige denn Typen, die andere mit einem Blick aus ihren Augen erstarren lassen konnten.

Wir verließen die Terrasse und gingen einen Gartenweg entlang mit Bart an der Spitze.

„Alles ist so schön", rief Monica und strich über die roten Schleifen, die einen immergrünen Baum schmückten. Der Ort sah wie ein Weihnachtswunderland aus und ich freute mich für meine Freundin. Ich konnte mir keinen schöneren Ort zum Heiraten vorstellen.

Das Sonnenlicht drang durch die hohen, stacheligen Bäume und ließ den leichten Schneestaub der letzten Nacht glitzern. Die süße Essenz von Kiefern vermischte sich mit dem Duft von Zimt und Nelken. Vögel zwitscherten, als wir vorbeikamen, und ich erwartete, dass einer von ihnen auf Monicas Finger landen würde, um das Bild der Waldprinzessin zu vervollständigen, dass sie projizierte.

Wir gingen über eine kleine Steinbrücke, die einen plätschernden Bach überspannte, und beobachteten, wie das Wasser über Felsen rieselte und gluckerte, wo sich Eis zu bilden begann.

„Es ist atemberaubend hier", staunte ich.

„Danke", erwiderte Bart, der neben mir auf dem Weg trappelte. „Ich habe das Anwesen von meiner Familie geerbt und beschlossen, dass es der perfekte Ort für eine Hochzeit ist." Sein Blick glitt zu Poppy und sie rückte näher an ihn heran.

„Als Trevor mir einen Heiratsantrag machte", erklärte Monica, „wusste ich, dass wir hier heiraten würden. Ich bin jahrelang mit dem Fahrrad an diesem Ort vorbeigefahren und habe davon geträumt, durch das Gelände zu laufen und in einem der Betten zu schlafen."

Bart verbeugte sich erneut vor ihr. „Wir freuen uns, euren Tag zu etwas Besonderem zu machen."

Ich konnte mir nicht vorstellen, was das kosten würde, aber Trevors Familie gehörte der Country Club, und Monica war eine gefragte Grafikdesignerin. Sie konnten es sich wahrscheinlich leisten.

Ich nicht, aber ich hatte auch nicht vor zu heiraten. Mein Herz wurde mir vor zehn Jahren aus der Brust gerissen und ich hatte niemanden gefunden, der die Lücke, die Darrows Tod hinterlassen hatte, schließen konnte. Es mag albern sein, um jemanden zu trauern, den ich so lange nicht gesehen hatte, aber so war ich nun mal, unerschütterlich und loyal, wie meine Mutter immer sagte. Das machte mich zu einer großartigen Anwältin.

Wir näherten uns der großen Steinkirche und ich bewunderte die Buntglasfenster auf beiden Seiten der zweistöckigen Türen. Orgelmusik ertönte in der Luft. Monica wollte eine traditionelle Hochzeit, und der feierliche Marsch würde bald ihre Ankunft ankündigen.

„Oh", rief Monica und ihre Augen glitzerten wieder vor Tränen. „Es ist fast so weit." Sie lächelte und umarmte mich, dann Poppy, die immer noch mit Monicas Schleppe hantierte.

Zwei Mitarbeiter in schwarzen Anzügen verbeugten sich vor Monica, dann öffneten sie die Flügeltüren, damit sie eintreten konnte.

Sie schritt mit hoch erhobenem Kopf und stolzer Wirbelsäule hinein, während ich hinter ihr herschlich und versuchte, würdevoll auszusehen und einen Korb voller Rosenblätter hielt. Ohne Blumenmädchen hatte ich die Aufgabe, die Blumen auf den Gang zu streuen.

Im Foyer nahm Elisa uns die Umhänge ab und plusterte unsere Kleider auf.

Wir warteten, während die Platzanweiser sich der Innentür näherten.

Bart stapfte nach rechts und öffnete eine kleine Klappe, die das Signal gab, dass die Braut angekommen war und die Hochzeit beginnen konnte.

Die Orgelmusik wurde lauter, die Melodie eine freudige Fanfare, die mein Herz höherschlagen ließ. Vor langer Zeit hatte ich geplant, wie Monica zum Altar zu schreiten, nur dass Darrow mit einem breiten Grinsen auf seinem hübschen Gesicht am Altar warten würde.

Bart wandte sich an Monica. „Bereit?"

Sie nickte feierlich. „Das bin ich."

Poppy vergewisserte sich, dass ihre Schleppe vollkommen glatt war und trat dann um sie herum, um durch eine Seitentür einzutreten, gefolgt von Bart und Elisa.

Die Saaldiener öffneten die Tür zur Kapelle. Die Musik wurde lauter, fast zu laut.

Ich ging um Monica herum, trat auf den roten Teppich, der sich zwischen den Kirchenbänken erstreckte und begann, Blütenblätter zu verstreuen, wobei ich darauf achtete, nicht zu viele zu verteilen. Der Korb war klein und ich sollte genug aufbewahren, um sie auf den Altar zu werfen, wo Monica mit Trevor stehen würde.

Als ich aufblickte, sah ich Trevor, der Monica voller

Bewunderung ansah. Tränen glitzerten in seinen Augen und mein Herz freute sich für meinen Freund. Sie würden so glücklich zusammen sein.

Sein Trauzeuge stand zu seiner Rechten, obwohl er sich nicht umgedreht hatte. Das silberne, schlangenartige Haar, das Monica beschrieben hatte, war im Nacken zu einem dicken Büschel zusammengerollt und die langen Strähnen baumelten über seine Schultern. Hatte ein Mensch lebendes Haar geschnitten oder ließ er es so lange wachsen, wie er wollte? Er war groß und überragte Trevor, der zwei Meter war. Seine Schultern waren ebenso breit und verjüngten sich zu einer schmalen Taille. Er hatte einen schönen Hintern, etwas, das ich nicht bemerken sollte.

Monica schniefte.

Ich habe darauf geachtet, wie ich die Rosenblütenblätter verteilt habe.

Als ich den Altar erreichte, trat ich zur Seite und streute Blütenblätter auf die glatte Oberfläche. Ich wartete, bis Monica mit Trevor vor dem Pfarrer stand, dann bauschte ich ihre Schleppe auf und sorgte dafür, dass ihr Kleid geschmeidig lag. Ich nahm ihre Blumen und stellte mich neben sie.

Ich warf einen Blick auf den Trauzeugen und fragte mich, wie er wohl von vorne aussah. War er von Angesicht zu Angesicht genauso umwerfend, wie er es von hinten war?

Schock durchströmte mich und ich stieß ein kehliges Stöhnen aus.

Monica schaute in meine Richtung, aber ich konnte meinen Blick nicht von ihm abwenden.

Darrow.

KAPITEL 2

darrow

Paige war also wieder Petrified Woods richtig? Wenn ich nicht an der Seite meines besten Freundes stehen würde, der gerade dabei war, die Frau zu heiraten, die er liebte, würde ich mich auf dem Absatz kehrtmachen und aus der Kirche stürmen.

Oder zu ihr rüber stapfen und sie konfrontieren.

Meine alte Freundin, die mich im Stich gelassen hat, als ich sie am meisten brauchte, lässt sich wieder einmal in der Stadt blicken.

Ich schimpfte und hörte kaum, wie der Pfarrer das traditionelle Gelübde sprach und meinen Oger-Freund mit Monica verheiratete. Sie schniefte und Tränen liefen ihr über die Wangen; es war so süß, dass sogar ich fast geweint hätte.

Hätte ich an die Liebe geglaubt, hätte ich es vielleicht getan, aber das Gefühl war unter Paiges Schuh zertreten worden, als sie aus der Stadt raste und in der Nacht flüchtete, ohne sich zu verabschieden. Über einen Monat lang wartete ich jeden Tag vor dem Briefkasten in der Hoffnung, sie würde einen Brief schicken. Alles erklären. Alles, was ich von dieser Erfahrung mitnahm, war ein fester Klumpen in meinem Magen und eine Mauer aus Schmerz um mein Herz.

„Ich erkläre euch nun zu Mann - oder besser gesagt, zu Oger, ich bitte um Entschuldigung - und zu Frau", räusperte sich der Pfarrer. „Du darfst die Braut küssen."

Trevor lüftete vorsichtig Monicas Schleier und strich ihr über die Wangen. Das Publikum seufzte. Sogar Paige schniefte. Ich stand wie erstarrt neben meiner Freundin und versuchte ihr nicht einen Blick zuzuwerfen, der sie buchstäblich in Stein verwandeln würde. Ob ich den Ausdruck des Schocks einfangen könnte, den sie empfinden würde, wenn ihr Körper erstarrt?

Ich sollte jetzt über sie hinweg sein. Nichts sollte so sehr schmerzen.

Doch mein Herz zerbrach. Ich konnte es anscheinend nicht aufhalten.

Die Musik setzte wieder ein und Monica und Trevor eilten den Gang entlang mit einem Lächeln auf den Lippen. Das Publikum jubelte.

Paige blieb an Ort und Stelle und starrte nach vorne, als hätte ich sie wirklich in Stein verwandelt. Nur ihre Hände zitterten.

Der Korb mit den Rosenblättern, den sie in der Hand hielt, fiel ihr aus der Hand und klapperte auf dem Altar.

Wenn ich innerlich so abgehärtet wäre, wie ich gehofft hatte, würde ich mich umdrehen und meinen Freunden folgen und Paige allein lassen, so wie sie mich vor zehn Jahren verlassen hatte. Aber ich schätze, ich hatte immer noch etwas Empfindsames in mir. Ich ging zu ihr hinüber, hob den Korb auf und hielt ihn ihr hin.

„Das gehört dir", sagte ich.

„Darrow", erwiderte sie lautstark.

Ich hörte den Schmerz in ihrer Stimme nicht. Ich sah nicht den Schock in ihrem Gesicht. Und ich spürte nicht, wie die verkrusteten Wände meines Herzens immer noch Risse bekamen.

„Verdammt noch mal Paige", zischte ich. „Warum bist du hierhergekommen?"

„Du solltest doch tot sein!"

Von allen Dingen, von denen ich dachte, dass sie sie zu mir sagen könnte, war das das Letzte. „Wovon zum Teufel sprichst du?"

Der Reverend räusperte sich wegen meines Ausrufs. Nachdem er mit dem Finger auf mich gezeigt hatte, wuselte er vor dem Altar herum.

Ich starrte Paige an. „Ist das das Beste, was du zu bieten hast?"

„Du glaubst mir nicht?" Sie klang entsetzt. Verdammt, aber Lügen fiel ihr leicht. Ich sah jemanden, den ich in all den Jahren, in denen wir zusammen aufgewachsen waren, nie hatte.

Die Gummispitze eines Spazierstocks stieß zwischen uns.

„Verschwindet ihr zwei", schimpfte Granny Vi. „Alle warten darauf, die Kirche zu verlassen und ihr beide solltet dem Brautpaar folgen. Setzt euren Hintern in Bewegung."

Sie war nicht meine richtige Großmutter, aber alle nannten sie so. Sie war zwar die von Rylee, der Frau von Gunner, und die Großtante von Trevor, aber alle in Petrified Woods hatten sie als ihre eigene Großmutter adoptiert. Sie liebte uns alle gleichermaßen, was für diejenigen, die das Gefühl hatten, dass sie verachtet werden sollten, fast magisch war.

So wie bei mir.

„Wenn wir nicht gehen, verpassen wir die Torte", sagte Onkel Bub neben mir und hob seinen Stock, um meine Wirbelsäule anzutippen. „Darum geht es doch bei einer Hochzeit oder?"

Und er war nicht mein Onkel. Er war für die Hochzeit in die Stadt gekommen und kam vor ein paar Tagen an. Er und Granny Vi waren ein Paar, obwohl zwischen ihnen ein Altersunterschied von zehn Jahren bestand. Nicht, dass mich so etwas interessierte.

„Er hält mich jung", vertraute uns Granny in einem zu lauten Flüsterton an, als sie uns neulich vorstellte.

Ihm stieg die Farbe ins Gesicht, aber er hatte gestrahlt und seinen Arm um ihre Taille gelegt. Viele von uns könnten sich eine solche Zuneigung wünschen.

„Bei Hochzeiten geht es um mehr als nur um die Torte, Bub", sagte Granny Vi und schenkte ihm ein Grinsen. „Ich denke, das weißt du."

Ich bemerkte den neuen Ring, der an ihrer linken Hand glitzerte. Waren die beiden verlobt?

„Los!" Granny Vi trieb uns mit ihrem Stock den Gang entlang, Onkel Bub humpelte neben ihr her.

Alle anderen verließen ihre Kirchenbänke und mischten sich hinter uns.

Draußen hielten wir auf der Treppe inne. Die Sonne prasselte auf uns nieder und brachte mich bereits zum Schwitzen. Nein, das war, weil ich Paige traf.

Könnte ich sie für den Rest des Hochzeitswochenendes meiden?

Ich hatte Trevor gefragt, warum sie nicht sofort in die Flitterwochen verschwinden würden und er sagte, er wolle uns besuchen. Wenn sie am Montag abreisten, würde ich dasselbe tun.

„Hängt hier nicht rum", sagte Granny Vi und stieß uns die Treppe hinunter auf den Gehweg. „Geht weiter, ihr zwei."

Sie folgte uns auf dem Weg, der zur Rückseite des Schlosses führte, die hintere Treppe hinauf ins Innere und den Flur hinunter ins Foyer. Dort wedelte sie mit ihrem Stock, wo Trevor und Monica im vorderen Salon standen und sich am Kamin fotografieren ließen. „Müsst ihr euch nicht auch fotografieren lassen?"

Wahrscheinlich.

Paige schaute absichtlich nicht in meine Richtung. Sie schritt mit starrer Würde über den Teppich.

„Na los Bub", sagte Granny und drängte mich Paige zu folgen. „Auf den Tischen in der Empfangshalle stehen Partygeschenke, und wir müssen unsere Platzzuweisung finden und uns das nehmen, was uns gehört, bevor es jemand anderes klaut."

Grunzend ging er schnell hinter ihr her und steuerte auf den Aufzug zu, der sie in den Ballsaal im zweiten Stock bringen würde, wo der Empfang stattfand.

Im Salon standen Gunner und Rylee in der Nähe der Fenster und grinsten das Hochzeitspaar an. Sie hielten Händchen, etwas, das ich immer wieder bei ihnen sah. Sie waren schon ein paar Jahre verheiratet und hatten einen kleinen Sohn, Josh, den sie allerdings bei ihrer Mutter gelassen hatten. Gunner wuchs in einer nahegelegenen Stadt auf und war ein erschaffenes Monster wie ich, obwohl er nur ein seltsames Gebräu getrunken hatte im Gegensatz zu dem Schrecken, der mich heimgesucht hatte. Raze, Trevors Oger-Hochzeitsplaner lebte in Monsterville.

Raze stand an der Seite und beobachtete wohlwollend, wie Monica und Trevor posierten. Er schob den Steg seiner Brille höher auf die Nase, um seine Augen zu verbergen.

Elisa, eine von Monicas Freundinnen und die zweite Hochzeitsplanerin aus Monsterville - ich hatte keine Ahnung, warum sie zwei brauchten -, stand neben Raze und sah ihn finster an, anstatt alle anderen zu beobachten. Sie war allerdings ein Mensch und kein Monster.

Wir posierten mit und ohne Braut und Bräutigam und mein Gesicht schmerzte, weil ich mich zu einem Lächeln zwingen musste. Paige ignorierte mich weiterhin, selbst als der Fotograf uns aufforderte, uns einander gegenüberzustellen und die Hände zu halten.

Endlich war dieser elende Teil des Tages vorbei. Elisa begleitete uns zum Aufzug und in den Ballsaal im zweiten Stock, wo alle anderen an Tischen saßen und Häppchen aßen.

„Kopfende des Tisches, ihr vier", sagte sie mit einem breiten Lächeln. „Braut und Bräutigam sitzen natürlich in der Mitte, aber ihr zwei werdet zusammen auf der linken Seite sitzen.

Ich hatte gehofft, dass wir von dem glücklichen Paar getrennt werden würden.

„Rechte Seite", erwiderte Raze. Er war uns gefolgt und sah Elisa finster an, während der Aufzug uns in den zweiten Stock brachte.

„Linke", beharrte Elisa, wobei ihre Stimme vor Anspannung knarzte.

Monica und Trevor nahmen ihre Plätze ein.

„Gut." Raze drängte uns näher an den Tisch, während Elisa murrend folgte.

Wir landeten links von dem glücklichen Paar und ich war dankbar, dass Elisa und Raze nicht beschlossen hatten, sich zu duellieren, bevor wir unsere Plätze einnahmen.

Ich hielt Paige den Stuhl hin, damit sie sich setzen konnte. Ich mag jetzt ein Gorgone sein, aber ich kann mich immer noch an die Umgangsformen erinnern.

Sie bedankte sich höflich, und als ich mich zu ihrer Rechten niederließ, drehte sie sich um, um mit Monica zu plaudern.

Ich war verärgert, obwohl ich mir nicht sicher war, warum. Ich wollte doch nicht, dass Paige mit mir redet oder? Ihr dabei zuzuhören, wie sie darauf bestand, dass sie mich für tot gehalten hat (wirklich?), klang nicht nach meiner Vorstellung von Spaß.

Informationen wie diese konnte man online nachschlagen. Ich hatte die Highschool abgeschlossen, ein Unternehmen gegründet und einige meiner Steinkunstwerke waren in der Petrified Woods Gazette veröffentlicht worden. Wenn sie meinen Namen gegoogelt hätte, hätte sie gesehen, dass ich sehr lebendig war.

Ich hatte sie vermisst. Der Wissenschaftler hatte mich verändert und zwar auf eine Weise, die ich nicht begrüßen konnte. Ich brauchte ihre Stärke und ihre Gewissheit, dass alles gut werden würde. Meine Mutter hatte mich gemieden und war aus der Stadt gezogen, und sie hatte dasselbe getan. Nur Dad blieb an meiner Seite.

Das Abendessen wurde serviert und wir aßen. Dann begann die Band zu spielen, und Monica und Trevor standen auf, um langsam zu tanzen. Er küsste sie unter dem Jubel der Menge und dann winkte Monica in unsere Richtung.

Paige und ich blieben auf unseren Stühlen sitzen.

Monica krümmte ihre Finger wieder in unsere Richtung, ihre Augenbrauen hoben sich.

„Ich glaube sie will, dass wir tanzen", erklärte Paige, ihre Stimme war härter als Stein. Wenn jemand wusste, was Stein war, dann war es ein Gorgone. Ich konnte jeden oder alles mit einem Blick in Granit verwandeln, obwohl ich endlich gelernt hatte, es zu kontrollieren.

Als ich seufzte, zuckte Paige zurück. Einen Moment lang fühlte ich mich schlecht. Ich war ein Arschloch.

Aber dann erinnerte ich mich daran, dass sie mich verlassen hatte, als ich sie am meisten brauchte.

KAPITEL 3

Paige

Warum musste Darrow so ein sexy Arschloch sein? Ich sollte ihn jetzt böse anstarren und nicht wegen ihm sabbern, wenn er nicht in meine Richtung schaut.

Er war sowohl in die Höhe als auch in die Breite gewachsen, obwohl er kein einziges Stückchen Fett zu haben schien. Nein, er konnte es mit einer Wand aus Muskeln aufnehmen.

Sein schlangenartiges Haar machte ihn nur noch attraktiver. Seine Haut hatte einen silbernen Touch angenommen, als er verwandelt wurde, die Farbe seiner Haare war nur etwas dunkler. Seine blaugrünen Augen, die den ursprünglichen Darrow ausmachten, hatten einen Schimmer, der vorher nicht da war, und machten ihn noch attraktiver als damals, als wir sechzehn waren. Er war eine Kraft, mit der man rechnen musste, ein Mann, nach dem ich mich für den Rest meiner Tage sehnte.

Und er hasste mich.

Ich war mir nicht sicher, was ich davon halten sollte. Als meine Eltern mir sagten, dass er gestorben sei, hatte ich mich auf meinem Bett zusammengerollt und wochenlang geschluchzt. Ich kam nur aus meinem Zimmer, wenn Mom und Dad mir mit Zwangsernährung drohten.

Ich hatte Jahre damit verbracht, seinen Verlust zu betrauern, als ob ein Teil von mir weggerissen und zusammen mit ihm begraben worden wäre. Manche sagen, die erste Liebe sei die stärkste und sie mussten recht haben. Sieh mich an, mein Herz zieht sich zusammen, weil er mir einen wütenden Blick zugeworfen hat.

Ich wollte mich in einem Bett zusammenrollen und weinen, weil ich ihn schon wieder verloren hatte.

Wir betraten die Tanzfläche und eine Sekunde lang starrte er mich an, als würde er mich vor allen Leuten zurückweisen. Dann nahm er meine Hand und zog mich an sich. Wir tanzten gemeinsam zu der langsamen Melodie und obwohl ich dafür verflucht sein sollte, legte ich meinen Kopf auf seine Brust. Sein Herz pochte schneller, als es sollte.

Wenn ich ein Mädchen wäre, das an zweite Chancen glaubt, würde ich denken, dass sein Herz auf meine Anwesenheit reagiert. Aber nein. Er wünschte sich wahrscheinlich, er könnte weglaufen und mich nie wieder sehen.

Ich hatte nicht vor, meine Seite weiter zu verteidigen. Wenn er mir nicht glaubte, konnte ich nichts anderes tun, als es auf sich beruhen zu lassen.

Es tat weh und es würde nicht besser werden, aber es war besser, sich wegzuschleichen, als sich immer wieder von ihm abweisen zu lassen.

Ich schloss die Augen und wiegte mich im Gleichklang mit seinem Körper. Als wir sechzehn waren, hatten wir es fast bis zum Ende durchgezogen. Ich war mir nicht sicher, warum wir aufgehört hatten, und nachdem er "gestorben" war, trauerte ich, dass ich diese Erinnerung nicht mehr hatte, an die ich mich klammern konnte.

„Lass dich nicht zu sehr darauf ein", sagte er mit rauer Stimme.

„Ich genieße die Musik." Meine Augen brannten und ich hoffte, dass ich nicht weinen würde.

Für ihn war ich der Inbegriff des Verrats. Für mich war er ein Traum, der mir aus den Armen gerissen wurde. Es war nicht fair vom Schicksal, ihn zurück in mein Leben zu stoßen, mir aber trotzdem die Chance zu verwehren, mit ihm zusammen zu sein.

„Sobald wir das höflich erledigen können, gehe ich auf mein Zimmer", grummelte er.

Jeder von uns hatte sein eigenes Zimmer im Schloss.

„Du kannst den Rest des Abends genießen", fügte er hinzu. „Und ich werde dir das ganze Wochenende aus dem Weg gehen."

„Das wäre wahrscheinlich das Beste."

Monica und Trevor hatten verschiedene Aktivitäten für uns geplant. Darrow und ich konnten uns in alles einmischen und einen Weg finden, einander aus dem Weg zu gehen.

Oder ich könnte in meinem Zimmer bleiben und weinen.

Außer ... Ich hatte nichts falsch gemacht. Ich war nach Petrified Woods gekommen, um die Hochzeit von Monica und Trevor zu genießen, und das hatte ich auch vor, verdammt. Darrow konnte sich verstecken, wenn er den engen Kontakt mit mir vermeiden wollte.

Ich würde lächeln und ... flirten. Ja! Ich würde so

schnell wie möglich jemanden finden, mit dem ich flirten konnte und Darrow zeigen, dass ich ihn nicht in meinem Leben brauchte, um mich vollständig zu fühlen. Ich hatte seinen Tod überlebt, ich würde auch seine Zurückweisung überstehen.

Warum hat es dann so wehgetan?

Er nickte mir knapp zu und ich erwiderte es.

Das Lied endete und wir kehrten zu unserem Tisch zurück. Als ich saß, brummte mein Telefon. Ich scrollte, um zu sehen, wer anrief, nur, um Darrow zu verärgern.

Das dürfte interessant werden.

Ich nahm den Anruf entgegen. „Hallo Mom, hey Dad!"

KAPITEL 4

darrow

Ich wollte aufstehen, damit Paige mit ihren Eltern reden konnte, ohne dass ich an jedem Wort hing, aber sie klammerte sich an mein Handgelenk und hielt mich auf meinem Stuhl fest.

Im Vergleich zu mir war sie winzig. Wenn ich gehen wollte, würde ich das tun und sie könnte damit umgehen.

Aber ich blieb, wo ich war.

„Ich habe es dir gesagt, erinnerst du dich?", sagte Paige ins Telefon. „Ich bin auf der Hochzeit meiner alten Freundin Monica. Wir haben uns auf Facebook wiedergetroffen. Ich stelle dich auf Freisprechen, okay?" Sie schaltete das Gespräch laut, obwohl ich keine Ahnung hatte, warum. Ich mochte ihre Eltern schon, aber ich hatte nicht das Bedürfnis, heute mit ihnen zu reden.

„Ich glaube nicht, dass du eine Hochzeit an diesem Wochenende erwähnt hast", erwiderte ihre Mutter, Francine. Paiges Vater Franklin, murmelte zustimmend im Hintergrund.

„Ja Monica und Trevor, obwohl du ihn nicht kennst", erklärte Paige. „Aber du musst dich doch an Monica erinnern. Wir waren gute Freunde in der Highschool. Wir haben im selben Feldhockeyteam gespielt."

Ich konnte Francines Schock fast in der Luft schmecken. „Monica ... lebt wo?"

„Oh, sie hat Petrified Woods nie verlassen."

„Bitte sag mir, dass du nicht wieder in dieser elenden Stadt bist", schrie Francine so laut, dass Granny Vi sich umdrehte und mit ihrem Stock in unsere Richtung wedelte.

„Ich bin in den Petrified Woods Mom", seufzte Paige leise. „Und ich bin einem alten Freund begegnet. Vielleicht erinnerst du dich auch an *ihn*."

Die Stille in der Leitung wurde nur durch etwas unterbrochen, das wie ein Schluchzen klang.

„Nein. Bitte", erwiderte Francine mit heiserer Stimme.

„Darrow sitzt direkt neben mir. Komisch, obwohl er anders aussieht als in meiner Erinnerung, ist er alles andere als tot."

„Ich wusste, wir hätten ehrlich zu ihr sein sollen", brummte Franklin. „Aber nein, du wolltest ihr sagen, dass er gestorben ist."

„Wir hatten keine Wahl", krähte Francine.

„Wie konntest du mir das antun Mom? Dad?" Paiges strenger Blick traf meinen. „Er war mein Freund und du hast ihn mir weggenommen."

Franklin schnaubte. Francine begann zu schluchzen.

„Sei nicht zu streng mit uns", sagte Franklin schließlich. „Wir haben getan, was wir für das Beste hielten."

Ich sackte in meinem Stuhl zusammen, völlig niedergeschlagen. Ich hatte mich an meine Wut auf Paige geklammert und die Mauer mit Verachtung gestärkt, als ... Sie hatte mir die Wahrheit gesagt.

„Ich werde jetzt auflegen", erwiderte Paige mit Tränen auf den Wangen. Sie ließen ihre schönen grünen Augen glitzern. Ihr kastanienbraunes Haar hatte sie hochgesteckt und am Hinterkopf befestigt, sodass ihr Nacken so schön aussah wie der eines Schwans. Ich war überwältigt, als ich sie am Ende des Ganges stehen sah.

Ich war jetzt ebenso überwältigt.

„Bitte lege nicht vor Wut auf", sagte Francine leise. „Bitte Paige. Wir haben nur getan, was wir für richtig hielten."

„Ihr habt über meinen Kopf hinweg entschieden!" Paige griff nach ihrem Telefon, verfehlte es zunächst und drückte dann auf den Ausschaltknopf.

Ich starrte sie an, denn ich sah zum ersten Mal, wie es sich anfühlte. Sie ... hatte nicht gelogen.

„Meinst du, ich habe mir das ausgedacht?", fragte sie und stand auf. „Glaubst du, ich habe meine Mutter irgendwie dazu gebracht, zu weinen und zu sagen, dass sie über deinen Tod gelogen hat, dass ich meinen Vater dazu gebracht habe, es auch zu tun?" Ihre Hände flogen in die Luft. „Wahrscheinlich." Sie drückte ihr Gesicht dicht an meines. „Nun du kannst mit deiner Wut leben Darrow. Ich bin fertig damit."

Sie wartete nicht darauf, dass ich etwas sagte, obwohl ich stotterte und darum kämpfte, meinen Schock lange genug zu überwinden, um meine Zunge zu bewegen.

Sie drehte sich auf dem Absatz um und verließ fluchtartig den Ballsaal.

Ich war ein Narr.

Ich sprang auf und rannte ihr hinterher.

KAPITEL 5

paige

Ich stürmte aus dem Ballsaal und rannte die riesige Eingangstreppe hinunter, wobei ich mir fast das Bein brach und stürzte, als mein Absatz auf dem Teppich hängen blieb. Als ich das Foyer erreichte, flüchtete ich zur Hintertür, schnappte mir einen der roten Samtumhänge vom Haken und stürmte hinaus.

„Paige warte", rief Darrow von hinten.

Ich lief weiter. Ich war fertig. Mehr als fertig. Ich hatte ihn die Wahrheit hören lassen und er saß da und starrte mich an. Er glaubte mir immer noch nicht. Nun, wer brauchte ihn schon? Ich nicht. Ich nicht!

Tränen liefen mir übers Gesicht und machten es schwer, den Weg zu erkennen. Ich wusste nicht mehr, wo ich war und landete irgendwie hinter der Kirche. Als ich vor mir ein hohes Heckenlabyrinth entdeckte, stapfte ich den Hügel hinauf und huschte durch die bogenförmige Öffnung.

Darrows Schritte ertönten hinter mir, aber er würde aufgeben und zu der Gruppe zurückkehren. Ich könnte mich in die Mitte des Labyrinths begeben und mich verstecken. Niemand würde erwarten, dass ich vor dem Morgen auftauchen würde. Monica und Trevor, die so verliebt sind, würden miteinander beschäftigt sein. Sie würde ihre Trauzeugin sicher nicht brauchen.

Ich bog rechts in das Labyrinth ein und rannte bis zum Ende, wo ich links abbog. Ha, das war einfach. Hoffentlich nicht so einfach, dass Darrow mir folgen konnte. Auf halbem Weg durch den nächsten Gang kam ich zu einer Kreuzung. Da ich eine Sackgasse vor mir sah, bog ich links ab. Ich schlängelte mich durch das Labyrinth, bog hierhin und dorthin ab und kam sogar einmal auf der Rückseite des Labyrinths heraus, drehte mich aber um und trabte wieder hinein.

„Paige", rief Darrow irgendwo hinter mir. „Wo bist du?"

„Nicht dort, wo du mich finden kannst", flüsterte ich, bog an jeder Ecke ab und schlängelte mich zur Mitte des Labyrinths vor.

Zu meiner Rechten ertönte ein Krachen, gefolgt von Stöhnen, aber er klang so lebendig, dass ich nicht das Bedürfnis hatte, mich umzudrehen und mich zu vergewissern, dass es ihm gut ging. Er hatte seinen vermeintlichen Tod bereits überlebt. Ich bezweifelte, dass das Labyrinth ihn angreifen würde.

Schließlich verstummten die Geräusche hinter mir und ich trat in die Mitte des Labyrinths. Etwa zehn mal zehn Meter groß und mit hohen Statuen gespickt, hatten sie einen hübschen Springbrunnen in der Mitte des offenen Bereichs platziert. Der Winter war dieses Jahr sehr warm gewesen und das Wasser tanzte und funkelte in den Lichtern, die sie um den Bereich herum angebracht hatten. Es war wirklich ein wunderschöner Ort. Schade, dass meine Laune nicht zu diesem schönen Ort passte.

Ich schlenderte über den Weg, der den äußeren Teil der Lichtung säumte und betrachtete die kleinen, mit Schnee bedeckten Blumenbeete. Sogar hier hatte man die festliche Atmosphäre mit Stechpalmen aufrechterhalten, die mit leuchtend roten Beeren geschmückt waren. Schließlich ließ ich mich auf eine Holzbank sinken und lehnte mich zurück, um der Nymphenfontäne zuzusehen, die aus ihrem offenen Mund Wasser in die Höhe spritzte. Sie hielt ihre Hände poetisch in die Höhe, das Gesicht zum Himmel geneigt.

Die Wolken zogen auf und das Mondlicht schien herab. Das Wasser glitzerte und das Rinnsal sollte ausreichen, um selbst die müdesten Knochen zu beruhigen. Stattdessen war ich innerlich aufgewühlt.

Vielleicht hätte ich warten sollen, um zu hören, was Darrow zu sagen hat.

Nein, nein. So blöd war ich nicht.

Aber er war am Leben, wofür ich gebetet hatte, seit man mir sagte, er sei gestorben.

„Paige? Ich weiß, dass du hier drin bist. Sag mir, wo du bist." Verzweiflung schwang in seiner Stimme mit. „Sag mir, dass du in Sicherheit bist!"

Sicher vor was? Dies war nicht das Jagdgebiet eines Monsters, obwohl Monster in dieser Gegend lebten. Es war Petrified Woods, die berüchtigte Heimat von Monstern, die von einem Wissenschaftler *geschaffen* wurden, der noch monströser war als die, an denen er experimentierte. Die Monster, die jetzt in der übrigen Welt lebten, waren so geboren worden.

Nur weil ich Darrow nicht sehen wollte, hieß das noch lange nicht, dass ich an der Seite des Schlosses ausrutschen und in den Tod stürzen würde.

Weitere Kracher ertönten. Wollte er wirklich nicht aufgeben?

Ich musste seine Hartnäckigkeit bewundern, auch wenn sie mich nervte. Es tat weh, dass er mir nicht geglaubt hatte, dass er den Anruf meiner Eltern brauchte, um ihn zu überzeugen. Ich dachte, wir wären bessere Freunde als das. Obwohl ich mich freute, dass er noch lebte, konnte ich meine Begeisterung nicht mit seinem Unglauben in Einklang bringen.

„Paige? Ich werde nicht aufgeben."

Mit verkniffenen Lippen schüttelte ich den Kopf. Er könnte bis morgen warten, damit der Dampf, der immer noch aus meinen Ohren dringt, abfließen kann. Dann wäre ich vielleicht tatsächlich bereit, auf nette Weise mit ihm zu sprechen.

Oder auch nicht.

Zweige und Äste knackten, als er sich seinen Weg durch das Labyrinth bahnte. Nahm er die Wege oder krachte er direkt hindurch? Fast wollte ich ihm etwas zurufen, damit er nicht das schöne Labyrinth zerstörte.

Fetzen und verstümmelte Flüche ertönten, als ich annahm, dass Blätter und Stängel an seiner Kleidung rissen. Eine Tragödie. Ich stellte mir vor, dass er den Smoking geliehen hatte und für alle Schäden aufkommen musste.

Nicht weit entfernt schossen Vögel in den Himmel und ich versteifte mich. Zumindest hat Darrow nie aufgegeben. Als wir jünger waren, schlug er seinen Kopf gegen eine Wand, bis sie zerfiel und stupste mich so lange an, bis ich ihm bei allem, was er tun mitmachte. Zum Beispiel sprang er von den Bahngleisen in den See, etwas, vor dem ich immer Angst hatte. Auf demselben See nahm er mich zum Tandem-Parasailing mit und obwohl ich anfangs Angst davor hatte, war ich bereit, solange er meine Hand hielt. Komisch, aber er war derjenige, der nervös war, als wir durch den Himmel schwebten, während ich auf alles, was wir sahen zeigte und mich darüber freute.

Wir hatten uns zum ersten Mal geküsst, während wir durch den Himmel schwebten. Die Erinnerung daran ließ meine Brust zusammenziehen.

Kurz darauf starb er.

Und jetzt war er am Leben.

Ich schloss die Augen und versuchte, die Tränen zu verdrängen, die mir über das Gesicht liefen. Meine Gefühle purzelten durch mich hindurch. Alles, was ich mir je gewünscht hatte, war in Erfüllung gegangen, aber anstatt mich darüber zu freuen, hatten wir uns gestritten.

„Ich komme Paige", rief er nicht weit entfernt. „Ich lasse dich nicht gehen. Bitte!" Er kletterte auf die Spitze einer Mauer, die das Zentrum umgab. Als er mich auf der Bank in der Nähe des Brunnens sitzen sah, lächelte er grimmig. „Da bist du ja." Er stand auf und verschränkte die Arme, um sein Gleichgewicht zu halten. Als seine Füße in der Hecke zu versinken begannen, knackten Äste.

Er stürzte nach vorne und landete heftig auf dem Bauch oben auf der Hecke. Sein Grunzen ertönte. Der Schwung hielt ihn in Bewegung, ebenso wie die Hecke, die auf meiner Seite der Mauer nachgab. Er stürzte kopfüber in die Mitte, kippte um und landete mit einem kräftigen Aufprall auf dem Rücken.

Nur das Plätschern des Brunnens hallte in dem kleinen offenen Raum wider.

Ich stand auf. „Darrow?"

Oh Scheiße. Er war wieder gestorben.

Ich rannte um den Brunnen herum und lief zu ihm hinüber, wo er auf dem Boden lag.

Er bewegte sich nicht. Hatte ich die einzige Chance, die wir hatten, um neu anzufangen, ruiniert?

Als ich neben ihm auf die Knie sank, legte ich meine Handfläche auf seine Brust. Schlug sein Herz noch? Ich konnte es nicht sagen. „Darrow? Bitte Darrow!" Ich beugte mich vor und drückte mein Ohr an seine Brust.

Er klammerte sich an mich und rollte uns, bis ich unter ihm lag. Er hielt mich fest und stemmte sich über mich. „Du wirst mir jetzt zuhören."

KAPITEL 6

darrow

„So wie du mir zugehört hast?", sagte Paige schroff und ihre Brüste hoben sich.

Ich sollte so etwas nicht bemerken, aber sie war zu einer wunderschönen Frau herangewachsen. Vielleicht war ich vorhin wütend auf sie, aber selbst da hatte ich es bemerkt.

Sie packte meine Ärmel und zerrte daran. „Geh runter von mir."

„Es tut mir leid." Ich holte tief Luft und stieß sie wieder aus. „Hör mir einfach kurz zu, ja?" Wenn ich sie festnageln müsste, um sie zum Zuhören zu bewegen, wäre es das wert.

Hier stand alles auf dem Spiel. All meine Träume, die ich gelernt hatte, mit Füßen zu treten, bis sie tief im Boden versunken waren, wurden endlich wahr.

Sie verengte ihren Blick. „Okay rede. Ich werde zuhören."

„Wenn ich es ungeschehen machen könnte, würde ich es tun. Du musst wissen, was für ein Schock es für mich war, dich in der Kirche zu sehen."

„Für mich auch. Ich dachte, du wärst tot Darrow. Tot!" Die Emotion in ihrer Stimme war echt und sie durchbohrte mich. Ich dachte, sie hätte mich verlassen, aber man hatte ihr gesagt, ich sei gestorben. Wie wäre ich mit so etwas umgegangen, wenn unsere Positionen vertauscht gewesen wären?

Und ich wusste, warum sie sie mitgenommen hatten. Ich hatte etwas Schreckliches getan. Wer weiß, was passiert wäre ...

Ich schob den Gedanken beiseite und hielt Blickkontakt mit Paige. Meine dicken Haarsträhnen hatten sich aus dem Band gelöst. Sie wirbelten um meinen Kopf und spiegelten die Aufregung wider, die mich durchströmte. „In dem Moment, als ich dich am Ende des Ganges stehen sah, war ich wie vom Blitz getroffen. Ich konnte kaum denken. Sprechen. Funktionieren. Ich konnte nicht glauben, dass du nach Petrified Woods zurückgekehrt bist, nachdem du weggelaufen warst."

„Du weißt, dass ich nicht weggelaufen bin." Erschöpfung kam in ihrer Stimme durch. Dachte sie, ich sei immer noch wütend auf sie? Ich bekam mit, was ihre Mutter gesagt hatte, den Tonfall in ihren Worten. Sie hatten sie verdammt noch mal angelogen.

„Ich habe reflexartig reagiert, weil ich Angst hatte", seufzte ich leise.

Was, wenn sie mir nicht glauben würde? Ich bekam einen Vorgeschmack darauf, wie sie sich gefühlt haben musste, als ich sie vor dem Altar abwies und das gefiel mir nicht. Alles in allem war sie recht gnädig gewesen. „Die Wut, die mich durchströmte, als du weggegangen bist, hat mich wieder gepackt. Ich dachte, du hättest mich im Stich gelassen, aber jetzt erkenne ich, dass deine Eltern uns beide im Stich gelassen haben."

Sie sackte in sich zusammen. „Es war schrecklich, aber ich kann mir vorstellen, dass du dich genauso schlecht gefühlt hast."

„Du warst lebendig. Das wusste ich zumindest, auch wenn ich wütend auf dich war, weil du gegangen bist und dich nie gemeldet hast."

„Ich habe Jahre gebraucht, um zurechtzukommen. Ich drehte mich immer wieder um und hatte das Gefühl, dich neben mir stehen zu sehen. Ich wollte dir etwas sagen oder dich bitten, mir bei meinen Hausaufgaben zu helfen, aber du warst nicht da. Die Leere verfolgte mich."

„Wir wurden beide durch ihre Taten verletzt, aber wir waren unschuldig." Ich hievte mich von ihr herunter und half ihr dann aufzustehen. Sie nahm meine Hilfe an, wofür ich dankbar war, aber sie wich von mir zurück. Sie ging um den Brunnen herum und ließ sich auf die Bank sinken, auf der sie zuvor gesessen hatte.

Ich ging zu ihr hinüber und strich mir die Haare aus dem Gesicht. Die meisten von ihnen hatten ihren eigenen Willen, obwohl sie zum Glück keine Meinung äußerten. Nein, sie warfen sich nur zu den unpassendsten Zeiten in die Luft und zogen die Aufmerksamkeit auf sich, die ich so gut es ging ignorierte.

„Du bist ein Gorgone", sagte sie und musterte mein Haar. „Ich habe nur über Medusen gelesen." Als ihr Finger sich näherte, wickelte sich eine der Strähnen darum. Sie strich über ihre Fingerspitze und sie lachte. „Das kitzelt."

Mein Haar konnte Gefühle zeigen, die ich nicht zu äußern wagte.

„Ich bin schon vielen Monstern begegnet, aber noch nie einem Gorgonen", staunte sie.

„Ich weiß nicht, ob Gorgonen außerhalb von Mythen existieren."

„Nun es gibt dich. Du bist kein Mythos."

Ich zuckte mit den Schultern. „Ich wurde von diesem Wissenschaftler verändert, nicht so geboren, wie du weißt." Ich hob mein Kinn und forderte sie auf, mich zurückzuweisen, dieses Mal wirklich. „Ich bin das Gesamtpaket." In meinen Worten schwang ein Hauch Entsetzen mit, ein Gefühl, dass ich direkt nach meiner Verwandlung empfunden hatte. „Am Anfang war es schrecklich." Ich hob meine Hand und tippte neben mein linkes Auge. „Ich . . ."

Sag ihr nicht, was passiert ist.

Sie sah mich nur verständnisvoll an etwas, das mir anfangs niemand gab und das aus gutem Grund.

„Ich habe schließlich gelernt, diesen Körper zu akzeptieren." Und meine Augen zu kontrollieren. Hätte ich das nicht getan, hätten mich die Stadtbewohner umgebracht, eingesperrt oder aus Petrified Woods vertrieben.

„Es muss beängstigend gewesen sein."

„Irgendwann habe ich es verstanden." Mehr konnte ich ihr nicht geben, um zu erzählen, was damals geschah.

Sie legte den Kopf schief. „Was meinst du?"

„Ich betreibe eine Bildhauerei."

Ihr Atem ging stoßweise. „Das ist ..."

„Lustig nicht wahr? Ein Gorgone, der Statuen verkauft, die die Leute in ihren Gärten aufstellen können. Ich kaufe Holzschnitzereien von einer Frau in der Stadt und verwandle sie in Stein. Du wärst überrascht, was ich mit Plastik alles machen kann."

„Das klingt fantastisch."

„Und ich mache auch Steinmetzarbeiten." Ich war überschwänglich, aber das war mir egal. Das war Paige, meine beste Freundin, die neben mir saß, als wäre sie nie weg gewesen, als hätten wir ein Gespräch beendet und ein neues begonnen. „Der Stein spricht zu mir und sagt mir, was er sein will."

„Was machst du mit deiner Kunst?"

„Einiges davon verkaufe ich. Andere Exemplare stelle ich in den Gärten der Stadt auf. Sie scheinen allen zu gefallen und das macht mich glücklich." Ich erwähnte nicht, dass ich bereits ein Vermögen gemacht hatte. Meine Statuen hatten einen echten Ruf erlangt und Prominente waren bereit, ein Vermögen zu zahlen, um genau die richtige Statue zu ihren Ehren geschnitzt zu bekommen.

„Ich freue mich, dass du etwas, das für manche eine Herausforderung ist, in eine erfolgreiche Karriere verwandelt hast."

„Was ist mit dir Paige? Was hast du so gemacht?"

„Ich bin Anwältin. Ich habe mein Studium vor ein paar Jahren abgeschlossen. Ich habe einen Haufen Schulden, aber du weißt ja, wie das ist. Mom und Dad haben mir geholfen, aber ich habe vor, die Zahlungen bald zu übernehmen."

„Wo arbeitest du?"

„In Monsterville."

Ich hatte von der Stadt gehört, in der sich viele Monster niedergelassen hatten, darunter auch Gunner und Rylee.

Sie waren schon vor Monaten aus den Petrified Woods weggezogen.

„Die meisten der Monster dort sind echt", erklärte Paige.

Selbst ich hatte nicht gewusst, dass es wirklich Monster gab. Sie lebten ein paralleles Leben zu den Menschen, einige nahmen menschliche Verhaltensweisen an, andere hielten sich strikt an ihre eigene Kultur.

Als die Monster aus den Wäldern und aus dem Boden krochen, reagierten die Menschen mit Schock und Entsetzen, Gefühle, die ich gut verstehen konnte, da ich sie selbst lange Zeit empfand. Es wurde ein Vertrag geschlossen und nun lebten sie überall auf der Welt, aber ein großer Teil von ihnen hielt sich in und um Monsterville auf. Ich hörte, dass sie sich dort willkommen fühlten. Ich hatte die Stadt noch nicht besucht.

„Ich bin dort in die Praxis gegangen", sagte Paige.

Wir beobachteten den Brunnen eine ganze Weile; die Stille zwischen uns wirkte heilsam, nicht beunruhigend.

„Wie geht es jetzt weiter, Darrow?", fragte sie leise.

„Wohin möchtest du als Nächstes Paige?" Als ich sechzehn war, war ich in sie verliebt. Seitdem bin ich erwachsen geworden und meine Ziele sind andere. Wenn sie in der Stadt geblieben wäre, könnte ich mir gut vorstellen, dass wir noch zusammen wären. Aber jetzt?

„Ich weiß es nicht." Sie drehte sich zu mir um. „Vor zehn Jahren wusste ich, was ich wollte."

„Mich." Ich brauchte nicht zu fragen. Sie hatte dasselbe gefühlt wie ich.

„Jetzt hat sich alles geändert. Ich bin froh, dass du am Leben bist." Sie streckte die Hand aus und nahm meine.

Ich wollte sie für immer in meinem Leben haben. Ich würde eine Freundschaft akzeptieren, aber mein Herz … Wie konnte ich immer noch halb in diese Frau verliebt sein? Es könnte der Traum von der Frau sein, die sie war, als wir jung waren. Mein ganzes Leben hatte sich um sie herum gebildet.

Aber wenn sie anders dachte als ich, musste ich sie gehen lassen. Obwohl ich nie jemand war, der leicht aufgibt.

„Ich sag dir was", verkündete ich meine Stimme heiser vor Rührung, „gib mir dieses Wochenende, um dich davon zu überzeugen, dass wir eine zweite Chance verdient haben."

„Wofür? Was willst du von mir, Darrow?"

Es zu benennen, könnte den winzigen Faden zerreißen, der sich noch zwischen uns spannt. Ich konnte nicht riskieren, sie wieder zu verlieren.

„Wir haben uns sehr verändert, seit du die Stadt verlassen hast", erwiderte ich. Hoffentlich zum Besseren, auch wenn einige darüber streiten könnten, da ich jetzt ein Gorgone war.

„Wir sind älter geworden. Vielleicht sind wir nicht mehr die, die wir damals waren."

„Wir können das Geschehene hinter uns lassen und neu beginnen."

„Ich wohne in Monsterville. Du wohnst hier."

„Es ist weniger als eine Autostunde entfernt." Andere Menschen haben es geschafft, eine Fernbeziehung zu führen.

Würde ich in Erwägung ziehen, die Stadt zu verlassen, in der ich lebte, seit ich in diese verfluchte Gorgonengestalt verwandelt worden war? Ich hätte nie gedacht, dass ich die Stadt verlassen könnte, dass mich niemand außerhalb der Stadt akzeptieren würde. Aber Monster waren jetzt überall. Ich konnte mich fast überall einfügen.

„Was willst du?", fragte sie und ihre Stimme strahlte die Hoffnung aus, die in meinem Herzen aufblühte.

„Lass uns einander noch mal neu kennenlernen. Vielleicht können wir am Montag schon sagen, ob wir etwas haben, wofür es sich zu kämpfen lohnt."

Sie biss sich auf die Unterlippe und kniff die Augen zusammen, aber nur für einen Moment.

Als sie sie wieder öffnete, glitzerten sie vor Tränen. „In Ordnung Darrow. Mal sehen, wie sich das übers Wochenende entwickelt."

KAPITEL 7

paige

Darrow in meine Welt zu lassen, könnte zu einer Menge Schmerz führen. Er hatte recht, wir hatten uns verändert. Wir waren nicht mehr dieselben wie damals und das lag nicht nur daran, dass er ein Gorgone war.

Unsere Karrieren hatten uns in unterschiedliche Richtungen geführt. Ich war nicht überrascht, als er erwähnte, dass er mit Stein arbeitet. Was könnte eine Medusa sonst tun? Seine Augen begegneten meinen nicht, als er über seine Vergangenheit sprach und ich spürte, dass es dort Geheimnisse gab, die er nicht zu teilen bereit war.

Wir alle taten Dinge, die wir bereut haben. Das ist nur menschlich und im Kern war Darrow immer noch derselbe. Der Kerl, mit dem ich aufgewachsen bin und in den ich so unglaublich verknallt war, als wir Teenager waren.

Ich bewunderte ihn sehr. Er hatte das, was die meisten als Fluch betrachten würden, in etwas Bewundernswertes verwandelt. Eine Arbeit, die ihm nicht nur Spaß machte, sondern die auch einen Wert hatte.

Ich war mir nicht sicher, wie ich reagiert hätte, wenn

man mich zusammen mit ihm entführt und in etwas Monströses verwandelt hätte.

Gunners Schwester Poppy schien es zu gefallen, ein Ork zu sein, obwohl sie aus einer Stadt kam, in der Monster entstanden, wenn man ein Gebräu trank. Sie trug, wie ich es nannte, Disney-Kleidung und stellte ihre grüne Haut und ihre Orkgestalt zur Schau. Ich bezweifelte, dass sie sich zurückverwandeln würde, wenn sie die Wahl hätte.

Darrow war immer noch mein Freund aus Kindertagen, und das war alles, was zählte. Mir gefiel, wie er jetzt aussah. Es war schwer, nicht über sein silbernes Gesicht zu streichen und sein Haar um meine Finger zu wickeln.

Als wir händchenhaltend durch das Labyrinth gingen, keimte in mir ein Gefühl der Verheißung auf.

Zum ersten Mal, seit ich ihn am Altar stehen sah, konnte ich mich voll und ganz darüber freuen, dass er lebt. Das Leben hatte mir eine zweite Chance gegeben, und ich wollte sie nutzen und alles aus diesem Wochenende herausholen, was ich konnte.

Auf einem der Wege, die sich durch das Labyrinth schlängelten, blieb ich stehen und sah mich um. Ich war überzeugt, dass die Öffnung auf der linken Seite zurück in die Mitte führte, aber ich war mir nicht sicher.

„Sind wir hier nicht schon langgegangen?", fragte ich.

Er zuckte mit den Schultern. "“Ich habe einen beschissenen Orientierungssinn."

„Oh ja, ich weiß noch, wie du dich auf dem Weg in die Stadt verlaufen hast, um ein Geschenk für meinen vierzehnten Geburtstag zu kaufen."

Er zuckte zusammen. „Ich habe mich damals nicht wirklich verirrt. Ich traf einen Freund, der mit mir angeln gehen wollte. Das Nächste, woran ich mich erinner, war, dass wir am Ufer des Sees standen, um Barsche zu fangen und uns darüber freuten, wie groß sie waren."

Ich stieß die Stirn in Falten und stemmte die Faust in die Hüften. „Du hast mir gesagt, du hättest dich verlaufen."

„Ich, ähm, irgendwie schon." Ich glaubte seinem ernsten Ton, bis ich das Funkeln in seinen blaugrünen Augen bemerkte.

„Du hast mich angelogen", erwiderte ich und konnte es nicht glauben.

Sein Arm legte sich um meine Taille und er zog mich an sich. Ich sollte mich gegen diese Geste wehren, die der sechzehnjährige Darrow nie gewagt hätte. Es war eine Männersache, und Männersachen führten zu ... Nun, wir alle kannten die Antwort darauf.

„Ich habe einen Fisch gefangen und ihn zu deinem Geburtstag mitgebracht, nicht wahr?", schmunzelte er. „Ich habe sogar die Schuppen entfernt und die Eingeweide geputzt."

„Du weißt, dass ich keinen Fisch mag." Ich rümpfte die Nase. „Ich kann nicht glauben, dass du das getan hast und ich kann nicht glauben, dass du mir nicht die Wahrheit gesagt hast, dass du es vermasselt hast."

„Ich war damals furchtbar in dich verknallt Paige." In seiner Stimme kam nur Aufrichtigkeit durch. „Ich wollte dich nicht enttäuschen."

Ich wollte ihn fragen, ob er seither in jemand anderen verknallt war, aber es wäre falsch von mir zu fragen. Er dachte, ich hätte ihn verlassen und es war nur fair, dass er mit jemand Neuem weitermachte.

Oh Scheiße, warte.

„Du bist doch nicht etwa verheiratet oder so?" Ich befreite mich aus seinen Armen und wich zurück bis ich gegen die Strauchwand lief.

„Glaubst du, ich würde um eine weitere Chance bitten, wenn ich es wäre?" Seine Schlangenhaare zuckten zur Seite und standen gerade ab. Hm. Taten sie das immer, wenn er aufgeregt war? Ich würde beobachten müssen, um zu sehen, ob dies ein emotionales Zeichen war.

„Nein eigentlich nicht. Ich dachte, ich sollte lieber fragen."

„Ich bin nicht verheiratet. Ich war schon lange nicht mehr mit jemandem zusammen."

Na gut. „Ich auch nicht."

„Gut", sagte er keck.

„Gut", erwiderte ich ebenso keck.

„Ich glaube, wir müssen diesen Weg nehmen", räusperte ich mich und deutete auf eine Kreuzung, die auf halbem Weg zwischen hier und dem Ende des Ganges lag.

„Zeigen Sie mir den Weg, Mylady", witzelte er, streifte die Fransen seiner schwarzen Anzugjacke nach außen und verbeugte sich tief vor mir.

„Folge mir." Ich schritt an ihm vorbei, und er machte einen Schritt auf mich zu und fuhr mit seinen Fingern über meinen Rücken. Ich warf ihm einen finsteren Blick zu. „Du bist ganz schön empfindlich was?"

Seine Hände hoben sich, als ob er verbrannt worden wäre. „Wäre es dir lieber, ich würde dich nicht anfassen?"

Ich konnte ja wohl kaum Nein sagen oder?

KAPITEL 8

darrow

Schließlich fanden wir den Weg aus dem Labyrinth heraus und als wir auf den Hauptweg zurück zum Schloss gingen, schneite es nicht nur, sondern ein kalter Wind wirbelte die Flocken wie kleine Tornados um uns herum.

Paige klammerte sich an ihren langen roten Umhang und zog ihn bis zu ihrem Kinn hoch.

Ich hielt sie auf dem Weg an und zog den Wollmantel aus, den ich über meinem Anzug trug. „Komm, wir legen dir das um."

„Oh nein, dann wird dir kalt."

Ich knöpfte ihn zu und zog den Kragen hoch. Ich wollte ihre rosa Nase küssen, aber ich hatte Angst, dass sie mir eine Ohrfeige geben würde. Vielleicht keine Ohrfeige, aber einen finsteren Blick. Für heute hatte ich sie schon genug mit meinen Berührungen gereizt.

Schneeflocken fielen auf Paiges Haar und glitzerten im Licht wie Diamanten. Ich hatte noch nie jemanden gesehen, der so schön war wie diese Frau.

Obwohl ich versuchen sollte, mich zurückzuhalten,

erfüllte mich eine unglaubliche Sehnsucht. Ich wollte sofort wieder dort anknüpfen, wo wir mit sechzehn Jahren aufgehört und überlegt hatten, ob wir es wagen würden weiterzugehen.

Aber ich wollte auch diesen Weg der Wiederentdeckung mit Paige und der Frau, die sie heute war, in Ehren halten.

„Danke", sagte sie. „Aber ich denke, du solltest deinen Mantel behalten."

„Ich bekomme ihn ja wieder", erwiderte ich leichthin. Ich nahm ihre Hand und drängte sie, den Weg zum Schloss hinunterzugehen.

Das riesige Steingebäude leuchtete mit gelben Lichtern. Als ich es heute Morgen zum ersten Mal sah, konnte ich mir ein Schmunzeln kaum verkneifen. Sie hatten es mit Kränzen und roten Schleifen geschmückt, und sogar eine große Krippe stand davor. Auf den Terrassen rund um das Gebäude waren riesige Geschenke gestapelt und die geschmückten Bäume vor dem Haus würden gut zu Disney passen.

Aber ich war von der Schönheit der Zeremonie von Trevor und Monica gerührt. Bart, der Minotaurus, dem das Schloss gehörte, hatte sich viel Zeit genommen, um sicherzustellen, dass sie perfekt war.

Diese Jahreszeit hatte etwas Magisches an sich und das Wunder des Schlosses, das teilweise unter Schnee begraben war, wertete dies noch auf. Obwohl dieses Gefühl durch das Wiedersehen mit Paige vielleicht zusätzlich verstärkt wurde.

Wir erreichten die hintere Treppe und gingen sie zur Terrasse hinauf. Drinnen ließen wir ihren Umhang und meinen Mantel auf den Haken und nahmen die Hintertreppe, die drei Stockwerke hinauf zu den Gästezimmern führte.

Ihre Schritte wurden langsamer, als wir ganz oben ankamen; sie hielt auf dem Treppenabsatz inne, um Luft zu holen.

„Vielleicht sollte ich dich das nächste Mal tragen", schmunzelte ich.

Sie verzog das Gesicht und blickte finster drein. „Warum?"

„Weil du ähm", ich sollte jetzt wirklich aufhören, neben meinem schlechten Orientierungssinn war ich auch nicht besonders klug, „kurzatmig bist."

„Nein das bin ich nicht." Sie schob sich an mir vorbei und stapfte den Flur entlang. Auf beiden Seiten waren Zimmer. Meines lag am Ende, aber sie blieb auf halber Strecke stehen.

„Du hast recht", erwiderte ich und hielt meine Handflächen hoch. „Du bist überhaupt nicht kurzatmig."

Sie drehte sich zu mir um und stupste meine Brust an. „Warum bist du nicht kurzatmig?"

„Ich hebe die meiste Zeit des Tages Steine und trage sie herum."

„Gehst du damit im Wald spazieren?"

Ich witterte einen Trick in dieser Frage. „Nein", erwiderte ich und runzelte die Stirn.

„Dann solltest du vielleicht noch ein bisschen trainieren."

„Warum?" Ich stellte ihr die gleiche Frage, die sie mir gerade gestellt hatte.

Sie schloss ihre Tür mit dem alten Schlüssel auf, den sie aus der Tasche ihres hübschen grünen Kleides geholt hatte und schwang sie auf. Als sie eintrat, drehte sie sich um und stützte ihre Handfläche gegen den Türrahmen. „Hast du jemals daran gedacht, dass ich kurzatmig sein könnte, weil ich mit dir zusammen bin Darrow?" Ihre Lippen verzogen sich zu einem teuflischen Lächeln.

Verdammt ja, dieser Gedanke gefiel mir.

Ich trat vor, um ihr zu zeigen, wie sehr, aber sie schloss die Tür direkt vor meinem Gesicht.

KAPITEL 9

paige

Darrow und ich benahmen uns, als wären wir wieder fünfzehn, als hätten wir uns in die Zeit zurückversetzt, als wir beide zum ersten Mal bemerkten, dass wir uns mochten. Davor waren wir beste Freunde, die im Schmutz spielten, als wir klein waren, mit dem Fahrrad durch die Stadt fuhren, als wir älter wurden und schwimmen gingen oder einfach nur abhingen, als wir Teenager wurden.

Mein fünfzehnjähriger Körper wurde immer dann hellhörig, wenn ich in der Nähe meines Freundes war. Zuerst wusste ich nicht, was das zu bedeuten hatte.

Als ich das herausfand, befürchtete ich, dass meine Verliebtheit einen Keil zwischen uns treiben würde.

Ich verbrachte die meiste Zeit knurrend, ohne dass er wusste, dass ich ihn mochte, und er verbrachte seine Zeit, eine Neckerei nach der anderen loszulassen.

Da waren wir wieder, ich knurrend, er neckend. Würden wir in die Zeit zurückkehren, in der wir sechzehn waren und akzeptierten, dass wir uns mögen?

Vielleicht wissen wir es bis zum Ende des Wochenendes.

Da ich wissen wollte, was er auf dem Flur machte, spähte ich durch das Guckloch. Er stand nicht draußen, also öffnete ich die Tür einen Spalt und steckte meine Nase heraus.

Er schlenderte den Flur entlang und blieb an einer Tür am Ende stehen. Nachdem er sie aufgeschlossen hatte, trat er ein und schloss sie hinter sich.

Kein Blick in meine Richtung.

Ich war mir nicht sicher, warum mich das verärgerte.

Grummelnd schloss ich die Tür. Ich durchquerte den Raum, der einer Prinzessin würdig war, betrat das private Badezimmer und betrachtete mein ebenso prinzessinnenhaftes Aussehen im Spiegel. Die Hälfte meines Haarschmucks war aus den Tausenden von Haarnadeln und zwei Dosen Haarspray, die die Visagistin heute Morgen verwendet hatte, herausgerutscht. Meine Wangen leuchteten hellrosa und meine Lippen sahen so rosig aus, als wären sie geküsst worden.

Fehlanzeige.

Ich zog mich aus, legte mein wunderschönes grünes Kleid vorsichtig auf einen Stuhl, zerrte die restlichen Haarnadeln heraus und stieg unter die Dusche, wo ich den heißen, dampfenden Strahl auf meinem Körper genoss.

Danach zog ich mir meinen Schlafanzug an und schlüpfte ins Bett.

Morgen war ein großer Tag, und ich konnte es kaum erwarten, loszulegen.

Ich lehnte mich zurück und schlief ein; ehrlich gesagt hatte ich die ganze Nacht heiße Träume davon, was ein erwachsener Darrow mit seinen Fingern, Haarsträhnen und seinem ... machen würde.

Als ich am nächsten Morgen den Speisesaal betrat, blieb ich in der Tür stehen und staunte, wie schön jeder Raum in diesem Schloss war.

Üppige immergrüne Girlanden mit Schleifen waren kunstvoll an den Wänden entlang drapiert worden und passende Girlanden schmückten den Buffet-Tisch, der auf der linken Seite des Raumes aufgebaut war.

Monica saß neben Trevor, fütterte ihn und kicherte, während er immer wieder Küsse stahl. Gunner und Rylee saßen in der Nähe und taten dasselbe.

Und Raze, Trevors Cousin und persönlicher Hochzeitsplaner, saß zu seiner Rechten und starrte Elisa verzweifelt an. Er schob seine Brille höher auf die Nase und beobachtete sie sehnsuchtsvoll. Bis gestern hatte ich noch nie einen Oger in einem Anzug gesehen - oder gar mit Brille -, aber er sah großartig aus mit seiner bronzenen Haut und den großen Hörnern, die über seinen Kopf ragten.

Ich hatte mich gefragt, wie es wohl sein würde, zwei Hochzeitsplaner zu haben. Elisa und Monica waren befreundet, und sie kicherte, als ich sie fragte, wie Trevor und Elisa mit dem umgehen würden, was manche als Konkurrenz betrachten könnten. Monica lachte nur und sagte, dass sie sich beide besser benehmen sollten.

Elisa starrte auf ihren halb leeren Teller, ohne die verstohlenen Blicke zu bemerken, die Raze ihr zuwarf.

Obwohl unsere Freunde vor mir zum Frühstück eintrafen, gab es noch genügend Plätze an dem riesigen Tisch.

Poppy winkte von ihrem Platz neben ihrem älteren Bruder Gunner und rollte mit den Augen über die Possen von ihm und seiner Frau.

„Wartest du auf mich?", fragte Darrow neben mein Ohr und trat zu mir in den gewölbten Eingang des Raumes. Sein warmer Atem strich über die nackte Haut meines Halses und ließ mich auf eine köstliche Weise erschaudern, wie es noch nie jemand getan hatte. Als ich mich umdrehte, sah ich ihn in einem geknöpften Flanellhemd und einer ausgewaschenen Jeans, die an seinen muskulösen Oberschenkeln haftete.

Nachdem ich die Nacht damit verbracht hatte, mir vorzustellen, wie es sich anfühlen würde, mit meinen Fingerspitzen über jeden seiner Muskeln zu streichen, hatte ich beschlossen, nicht länger so zu tun, als ob ich fünfzehn wäre. Nein, es war an der Zeit, die Sache voranzutreiben, bis ich mindestens achtzehn und damit volljährig war.

Anstatt also wie gestern Abend leicht verärgert zu reagieren, schenkte ich ihm ein süßes Lächeln. „Eigentlich *habe* ich auf dich gewartet."

Er blinzelte zweifellos in der Erwartung, dass ich auf seine Neckereien angemessen reagieren würde. Vielleicht sollte ich ihn abschießen oder mich verärgert davonschleichen.

Ich nahm seine Hand und zog ihn zum Buffet hinüber.

„Ich bin am Verhungern. Ich brauche Essen", erklärte ich.

„Nun, das können wir nicht zulassen. Du musst essen." Er reichte mir einen Teller und deutete an, dass ich vor ihm gehen sollte. „Der heutige Tag wird deinen Appetit anregen."

Ich hielt inne, während ich eine Kelle Rührei auf meinen Teller fallen ließ, und schaute ihn stirnrunzelnd an. „Ich dachte, wir würden Karten spielen oder im Wohnzimmer sitzen und puzzeln."

„Ich dachte, wir könnten einen Schneemann bauen und Schlitten fahren."

Bart stand am Ende des Tisches und richtete seine Aufmerksamkeit auf Poppy, die direkt zurück starrte. Heute trug sie ein Kleid, das wie das von Schneewittchen aussah, und sie war so schön wie eine Prinzessin. Wenn sie zusammenkämen, würde ein Traum für sie wahr werden. Sie würde perfekt in das Leben in einem Schloss passen.

„Glaubst du, dass ein Schneemann zum Ambiente dieses Ortes passt?", fragte ich Darrow, wobei ich meine Stimme leise hielt.

Er zuckte mit den Schultern. „Ich mag Schneemänner. Sie sind wie Eisstatuen. Wenn du dir Sorgen machst, könnten wir ihn hinter der Kapelle bauen."

„In Ordnung", erwiderte ich. „Ich bin bereit, einen Schneemann zu bauen. Beim Schlittenfahren bin ich mir nicht sicher. Ich habe nicht viel warme Kleidung mitgebracht."

„Ich werde dich warmhalten."

Ich verdrehte die Augen und ging weiter durch das Buffet, wo ich mir Speck und ein Croissant nahm. Ich drehte mich um, ging zum Tisch und stellte meinen Teller ab.

„Kaffee oder Tee?", fragte eine der Kellnerinnen, die mit zwei Karaffen neben mir stand.

„Tee, schwarz, wenn Sie welchen haben."

„Natürlich", erwiderte sie. „Ich bringe Ihnen eine Auswahl an Schwarztees. Wir verwenden hier nur volle Blätter und ich helfe Ihnen gerne bei der Auswahl der Sorte, die Ihnen am besten schmeckt, und bereite sie für Sie zu." Sie drehte sich um und stolzierte durch den Raum.

„Ich nehme einen Kaffee", rief Darrow ihr mit erhobener Hand hinterher.

Ein anderer Kellner eilte herbei, ebenfalls mit Karaffen beladen. „Sahne Sir?" Er goss den Kaffee in Darrows Tasse.

„Schwarz", sagte Darrow.

Der Kellner neigte den Kopf nach vorne und wich zurück, brachte die Karaffen zu Gunner und Rylee und füllte ihre Tassen.

Wir setzten uns; ich hatte gerade meine Serviette auf meinen Schoß gelegt und meine Gabel gehoben, als die Frau mit einem Korb voller Teedosen zurückkam.

„Möchten Sie die Sorten testen?", fragte sie und zwinkerte Darrow zu.

Er hielt seinen Blick auf mich gerichtet und legte einen Arm auf die Lehne meines Stuhls. „Was denkst du?"

Ich lehnte mich dicht an ihn. „Ich möchte nur schwarzen Tee."

„Wählen Sie eine aus", sagte Darrow zu der Frau.

„Oh Sie möchten sicher an diesem hier riechen." Sie schraubte einen Deckel ab und hielt ihn Darrow hin.

„Er trinkt Kaffee", erklärte ich. „Ich bin diejenige, die Tee will. Schwarzen Tee."

„Oder diesen?" Sie deckte die erste Dose ab, öffnete die zweite und hielt sie ihm unter die Nase. „Der Hauch von Zimt in diesem ist erstaunlich. Wir haben auch noch andere, einige mit Orangennoten. Wir haben den besten Tee der Welt."

„Ich möchte schwarzen Tee", fügte ich geduldig hinzu.

„*Schwarzen* Tee", wiederholte Darrow. Seine Fingerspitzen strichen über meinen Nacken und ich verlor jeden Gedankengang. „Prinzessin?"

„Prinzessin?", fragte die Frau und warf mir einen verächtlichen Blick zu, den sie mit hochgezogenen Augenbrauen krönte. „Ich bezweifle, dass sie königlich ist."

„Sie haben noch nichts vom Königreich Verilia gehört?", fragte Darrow, der sie irgendwie von oben herab ansah, obwohl er saß und sie stand. „Prinzessin Paige ist die Thronfolgerin."

Die Frau blinzelte langsam. „Nein, ich habe noch nie von Verilia gehört." Sie warf einen Blick auf Bart, der in unsere Richtung starrte, und ihre Augen wurden von Panik erfüllt. „Es tut mir leid Prinzessin." Sie verbeugte sich, dann machte sie einen Knicks. „Schwarzer Tee, Eure Hoheit?" Sie griff nach einer der Dosen. „Dieser Tee könnte Euch gefallen. Darf ich ihn für Sie zubereiten, Eure Königliche Hoheit?" In ihrer Stimme lag nicht die geringste Spur von Sarkasmus. Sie schien wirklich zu glauben, ich sei die Prinzessin von Verilia.

Ich legte meine Hand auf Darrows Knie. „Ähm Darrow-"

„Das wird schon reichen", sagte er zu der Kellnerin mit hochnäsiger Stimme und nahm eine der Dosen. Aus welchem Grund auch immer, er hatte einen britischen Akzent angenommen, und ich konnte mir ein Kichern nicht verkneifen. „Wenn Sie so freundlich wären, bereiten Sie bitte eine Tasse dieser Sorte für die Prinzessin vor.

„Sehr wohl Sir", erwiderte die Frau und nahm den Korb an sich. Sie verbeugte sich erneut und wich zurück, während ihr flehender Blick auf mich fiel. „Sofort Eure Eminenz."

Als sie durch die Tür am Ende des Raumes floh, grinste Darrow und deutete auf meinen Teller. „Und, wie sind die Eier?"

KAPITEL 10

darrow

Es gab nichts, was ich mehr genoss, als Spaß zu haben - außer mit Paige Spaß zu haben. Abgesehen von allen Neckereien und Prinzessinnenwitzen konnte ich es kaum erwarten, jeden wachen Moment mit ihr zu verbringen.

Wir aßen und sie genoss ihren Tee. Die Teedame und eine andere Angestellte flüsterten in der Ecke, ihre Blicke schweiften in unsere Richtung. Ich dachte mir, dass es nicht mehr lange dauern würde, bis mein Prinzessinnenwitz aufgedeckt werden würde.

Granny Vi und Onkel Bub schlenderten in den Raum, füllten ihre Teller und setzten sich zu uns, womit unsere kleine Party komplett war.

„Wo ist Josh dieses Wochenende?", fragte Granny Vi.

„Meine Mutter hat ihn über das Wochenende", erwiderte Rylee und lehnte sich an Gunner. „Wir lieben unseren Sohn über alles, aber es ist schön, ab und zu allein zu sein."

Gunner küsste sie, seine Lippen verweilten auf ihren und ich beneidete meinen Freund. Er war monatelang in

Rylee verknallt, bevor sie sich auf Granny Vis achtzigster Geburtstagsparty endlich trafen. Kurz darauf hatten sie geheiratet, und Josh war bald darauf auf dem Weg.

„Bevor ihr alle verschwindet", sagte Monica, stand auf und klopfte mit ihrem Löffel gegen ihr Wasserglas. „Wir haben einige Aktivitäten für den Tag geplant." Während im Raum aufgeregtes Geplapper ausbrach, grinste sie und forderte Bart auf, vorzutreten.

„Genau", erwiderte er und strich sich die weiße Mähne von den Schultern. Aus dem Kragen seines Hemdes und aus den Enden seiner Ärmel ragten Fellbüschel in genau derselben Farbe heraus.

Wie Poppy hatte er die neue Gestalt, die er nach seiner Entführung zusammen mit mir erhalten hatte, begeistert angenommen. Er erklärte, dass Hufe viel besser seien als Füße, weil er draußen traben könne, ohne zu frieren oder Schuhe anziehen zu müssen. Und er fand, dass seine Hörner majestätisch waren.

Zu sehen, dass einige meiner Freunde ihre Monsterformen problemlos akzeptieren, hat mir geholfen, mich trotz meines holprigen Starts die Gorgonen-Gestalt anzunehmen.

Wenigstens wurde der Wissenschaftler gefangen genommen und wir befreit - auch wenn es zu spät war, uns zurückzuverwandeln.

„Als Erstes steht ein Schneeskulpturenwettbewerb auf dem Programm", erklärte Bart.

Monica klatschte und hüpfte herum. „Wer hat Lust dazu?"

„Das klingt lustig", sagte Paige mit leuchtenden Augen.

„Das Schneemannbauen müssen wir vielleicht verschieben Darrow."

„Später?" Ich legte meine Hand auf ihre. Sie hatte sie auf meinem Knie liegen lassen und ich war seitdem völlig abgelenkt.

„Ich glaube, dass du als Steinbildhauer einen Vorteil hast."

„Du warst als Kind die Künstlerin."

„Um es ein bisschen wettbewerbsfähig zu machen", räusperte sich Trevor und stand neben seiner neuen Frau auf. Er legte seinen Arm um sie und küsste sie auf die Stirn. „Teilen wir euch in Teams ein. Wir sind zwar nur zu sechst hier, aber ich habe Elisa und Raze überzeugt, an allen Aktivitäten teilzunehmen. Elisa hat Monicas Teil der Hochzeit koordiniert, und sie ist wie eine Familie. Und ich möchte nicht, dass mein Cousin Raze irgendetwas verpasst."

Raze neigte seinen Kopf nach vorne, ohne Elisas Gesicht aus den Augen zu verlieren.

Elisa schnaubte, sagte aber nichts, was Raze einen finsteren Blick entlockte.

„Die Einzige, die keinen Partner hat, ist Poppy", sagte Bart. „Wenn es dir also nichts ausmacht, werde ich auch mitmachen, um ihr beizustehen."

Poppy grinste. Monica hüpfte noch ein bisschen herum und quiekte.

„Fünf Paare, die als Teams antreten", schmunzelte Monica und drehte sich um, um Trevor einen kurzen Kuss zu geben. Sie wich zurück und strahlte uns an. „Hört sich das nicht toll an?"

Ich grinste, denn mir gefiel, worauf das hinauslief.

Paiges freudiger Gesichtsausdruck verriet, dass sie das Gleiche dachte.

Elisa warf Raze einen bösen Blick zu und verschränkte die Arme auf ihrer breiten Brust. Sein Gesicht errötete und er schaute auf seinen leeren Teller.

Ich hatte von dem Moment an, als ich ankam, Spannungen zwischen den beiden gespürt. Vielleicht gefiel es ihnen nicht, dass sie sich die Aufgaben der Hochzeitsplanung teilen mussten.

„Mein Schlosspersonal hat hinter dem Schloss Schnee aufgeschüttet", erklärte Bart. „Jedes Paar bekommt einen Satz Werkzeuge, mit denen es arbeiten kann. Bitte geht vorsichtig mit ihnen um. Wir wollen doch nicht, dass sich jemand verletzt."

„Und sie haben flüssige Farbe zum Bemalen unserer Kreationen bereitgestellt", fügte Monica hinzu.

„Wir haben einen tollen Preis für das Siegerteam", verkündete Trevor und wackelte mit seiner dicken Augenbraue. Monica kicherte.

Granny Vi kicherte und beugte sich über Paige, um mir etwas zuzuflüstern. „Ich habe vielleicht eine Leckerei in das Preispaket gesteckt, als sie nicht hingesehen haben."

„Nein", stöhnte Rylee und bedeckte ihr Gesicht.

Gunner grinste; seine Augen leuchteten. „Wir sollten gewinnen, meinst du nicht Liebes?", flüsterte er Rylee zu.

Das Lachen von Granny Vi wurde lauter.

„Das ist so lieb von dir", sagte Paige zu Granny Vi. Als ich schnaubte, runzelte sie die Stirn in meine Richtung und senkte ihre Stimme. „Es werden Kekse oder etwas in der Art sein, stimmt's?"

„Weißt du viel über Granny Vi?", fragte ich und flüsterte neben Paiges Ohr, damit die ältere Dame nicht mithören konnte.

Paige schüttelte den Kopf. „Ich habe nur ein paar Mal in der Stadt mit ihr geplaudert. Sie ist eine nette alte Dame und alle lieben sie."

Das stimmte.

„Gunner und Rylee haben sich bei Granny Vi's Geburtstagsparty kennengelernt. Sie veranstaltete Spiele, und Rylee und Gunner gewannen den großen Preis."

Paige lächelte. „Das klingt süß. Ich wette, es hat eine Menge Spaß gemacht."

„Ich habe mich nicht getraut zu fragen, was es war." Als sie die Stirn runzelte, zwinkerte ich ihr zu. „Granny ist eine pensionierte Sexualtherapeutin."

Paige fiel die Kinnlade herunter und sie kicherte. „Oh ich verstehe." Sie lachte noch lauter und Tränen liefen ihr über die Wangen.

Als alle in unsere Richtung schauten, schlug sie sich die Hand vor den Mund, was das Funkeln in ihren hübschen Augen nicht verbergen konnte.

Ich beugte mich näher zu ihr und streichelte ihren Nacken mit meinen Fingerspitzen. „Sagen wir einfach Rylee wurde rot, als Gunner mir die Geschichte erzählte. Sie nahmen die Kiste mit den Preisen mit auf ihr Zimmer und als sie am Morgen auftauchten ..."

„Whoa", erwiderte Paige und schenkte Rylee und Gunner ein Grinsen.

„Macht euch alle fertig und zieht eure wärmsten Sachen an", erklärte Monica. „Wir treffen uns hinter dem Schloss. Das wird ein Riesenspaß werden!" Händchenhaltend verließen sie und Trevor den Raum.

Gunner stand auf und als Rylee um die Lehne ihres Stuhls herumging, hob er sie hoch, warf sie über seine Schulter, während sie quietschte, und stapfte aus dem Raum.

„Sie könnten sich ein wenig verspäten", sagte Granny Vi mit einem Augenzwinkern. „Aber das bedeutet, dass du und Paige bessere Chancen haben, den Preis zu gewinnen." Sie stand auf und packte ihren Stock fester. „Ich denke, wir sollten das Ganze von oben überwachen, meinst du nicht Bub? Vielleicht gibt es im Ballsaal noch ein paar Partygeschenke, die wir plündern können. Wir können Stühle ans Fenster schleppen und uns dort hinsetzen."

Der ältere Herr erhob sich, griff nach seinem eigenen Stock und zeigte damit auf die offene Tür. „Geh voran mein Schatz. Geh voran."

Sie humpelten aus dem Zimmer.

Raze sah Elisa noch einmal an, aber sie starrte angestrengt auf ihren Teller. Als hätte er einen Entschluss gefasst, erhob er sich und schlich aus dem Raum. „Begleite mich nach draußen", rief er ihr zu, als er ging.

Elisas Gesicht verzog sich. Sie stand auf und eilte mit einem Seufzer hinter ihm her.

„Mylady?", sagte Bart zu Poppy. Er streckte seinen Huf aus, um ihr von ihrem Stuhl zu helfen. Errötend nahm sie ihn an und stand auf. „Was sollen wir deiner Meinung nach aus unserem Schneehaufen machen?" Gemeinsam gingen sie auf die offene Tür zu.

„Ein Minotaurus", erwiderte sie, wobei ihr langes Kleid um ihre Beine flatterte. „Minotauren sind erstaunlich."

„Tja, dann bleiben nur noch wir übrig", schmunzelte Paige. „Bist du fertig mit Essen?"

Auf mein Nicken hin standen wir auf.

Paige schürzte ihre Unterlippe, als wir den Raum verließen. „Ich bin mir nicht sicher, ob ich gewinnen will oder nicht."

Oh wir wollten einen heißen Preis gewinnen.

Ich würde dafür sorgen, dass wir ihn bekommen.

KAPITEL 11

paige

Wir versammelten uns im Foyer, und Monica und Trevor schenkten jedem von uns passende Schals, Mützen und Fäustlinge, die aus leuchtend rotem Garn gestrickt und mit Stechpalmen bestickt waren, wie die, die auf ihrer Hochzeit zu sehen waren.

„Du kannst sie danach behalten", sagte sie fröhlich. Ihre Wangen waren bereits rosig, und sie strahlte Trevor immer wieder an. Ein Glücksgefühl für meine Freundin und ihren neuen Mann durchströmte mich, gefolgt von einem Anflug von Sehnsucht. Wie wäre es, mit jemandem zusammen zu sein, der mich vollkommen liebt?

„Lass mich dir helfen Gefährtin", sagte Gunner und zog Rylee die Mütze über die Augen, während sie lachte. Sie machte das Gleiche mit ihm und als er anfing, sie zu kitzeln, quietschte sie. Er warf sie sich wieder über die Schulter, was sie zu lieben schien, und schritt den Flur zur Rückseite des Schlosses hinunter.

Raze warf einen Blick auf Elisa, die sich eine Mütze aufsetzen wollte und schnappte sie sich weg. So viel zu der

Liebelei, von der ich dachte, dass sie sich beim Frühstück entwickeln würde.

Verärgert machte Elisa auf dem Absatz kehrt. Sie schlenderte den Flur entlang und er folgte ihr.

„Lass mich dir helfen", erklärte Darrow und nahm mir die Sachen ab. Ich hatte einen langen Wollmantel angezogen, aber nur dünne Handschuhe mitgebracht, da ich nicht vorhatte, viel Zeit draußen zu verbringen.

Er wickelte den Schal um meinen Hals und befestigte ihn, wobei er mir einen Kuss auf die Nase gab. Die Geste verdrängte etwas von meinem Neid auf das Glück meines Freundes.

Er setzte mir die Bommelmütze auf den Kopf und band mir die albernen baumelnden Zöpfe unters Kinn. Er hielt die Fäustlinge hoch und grinste. „Soll ich sie dir am Mantel festmachen?"

Erinnerungen an Mama, die uns zum Spielen im Schnee aufforderte und unsere Fäustlinge an den Ärmeln befestigte, damit wir sie nicht verloren, schossen durch mich hindurch und hüllten mich in die Wärme des Zusammenseins mit meinem alten Freund ein. Das Gefühl war überschattet von der Trauer, die ich empfunden hatte, als ich ihn verlor. Jetzt war ich von der Freude erfüllt, ihn wieder in meinem Leben zu haben.

„Noch nicht", erwiderte ich und nahm Mütze und Schal ab. „Ich muss dir erst helfen, dich fertigzumachen." Ich krümmte meinen Finger und forderte ihn auf, sich nach vorne zu beugen. Anders hätte ich ihn nicht erreichen können. „Du bist größer geworden, seit ich dich das letzte Mal gesehen habe Darrow."

„Etwas Gutes hat der Fluch wohl. Weißt du noch, wie

mickrig ich war? Ich hätte nicht gedacht, dass ich 1,80 m groß werde."

„Gegen kleine Männer ist nichts einzuwenden, aber mir gefällt deine neue Größe. Wie groß bist du jetzt, 1,90 m oder so?" Ich wickelte den Schal um seinen Hals und befestigte ihn, aber er war zu groß, als dass ich seine Nase für einen Kuss hätte erreichen können.

„1,96".

„Puh. Ich bin nicht viel größer geworden, nachdem wir die Stadt verlassen haben. Ich bin 1,70."

Er runzelte die Stirn. „Stört dich unser Größenunterschied?"

„Nur jetzt, wenn ich dir die Mütze auf den Kopf setzen will."

Er beugte sich vor, bis sein Gesicht auf gleicher Höhe mit meinem war. „Besser?"

So sehr. „Stört es dein Haar, wenn ich es berühre?"

„Bis jetzt scheint es immer ziemlich glücklich zu sein, wenn du es tust", erwiderte er grinsend.

Ich lachte und genoss diese Zeit mit ihm. Wir hatten uns nur angezogen, um nach draußen zu gehen, aber das verband alte Erinnerungen mit neuen. Es fühlte sich richtig an.

Vorsichtig zog ich ihm die Mütze auf den Kopf, aber es wurde zu einer Herausforderung, als sich seine Haarsträhnen immer wieder um meine Handgelenke und Finger schlangen und sie streichelten. Das kitzelte und brachte mich zum Lachen, und er stimmte mit ein.

„Du bringst sie dazu, das zu tun", sagte ich und versuchte, einen finsteren Blick aufzusetzen.

Er küsste wieder meine Nase. „Sie handeln von selbst."

Taten *sie*, was *er* wollte?

Ehrlich gesagt hätte ich nichts gegen einen richtigen Kuss einzuwenden, nicht nur gegen die neckischen Annäherungsversuche, die er immer wieder machte und die mich dazu brachten, mich um ihn zu wickeln und ihn zu drängen, mich gegen die Wand zu drücken.

Ich zerrte weiter und bedeckte den größten Teil seines Kopfes mit der Mütze. Sein Haar ragte etwa fünf Zentimeter nach unten, die Spitzen der Strähnen wehten in der Luft. Manche Leute würden sich vielleicht vor ihnen fürchten, aber sie ließen mich Darrow nur noch mehr bewundern.

„Oh mein Gott", staunte Monica und deutete über uns. „Wer würde denn an so einem Ort einen Mistelzweig aufhängen?"

„Was ist mit diesem Unhold?", erwiderte Trevor und hielt ihr einen kleinen Stängel mit den hellgrünen Blättern über den Kopf. „Ich glaube, du musst den Mistelpreis bezahlen, meine Gefährtin."

„Ich bin bereit Sir", sagte sie und neigte ihren Kopf für seinen Kuss zurück.

Während ich fleißig die geflochtenen Bänder unter Darrows Kinn verknotete, begegnete ich seinem Blick nicht. Was, wenn er mich nicht küssen wollte? Ich würde ihn nicht zu etwas drängen, das ich mehr als alles andere brauchte.

„Fäustlinge?", fragte ich und hielt sie hoch.

„Ziehen wir sie an, wenn wir rausgehen", erwiderte er. Sein Finger stupste gegen die Decke. „Willst du den Mistelzweig nicht sehen oder bist du bereit, den Preis dafür zu zahlen?"

„Ich weiß nicht, Darrow", murmelte ich und tat so, als ob ich die Stirn runzeln würde. Mein Herz tanzte in meiner Brust herum und drängte mich dazu, es zu tun. „Meinst du, der Preis ist zu hoch?" Ich sah zu ihm auf und grinste.

„Das wollen wir doch mal sehen." Als ich weiter grinste, hob er mich von den Füßen und drückte mich mit dem Rücken gegen die Wand.

Ich *musste natürlich* meine Beine um ihn schlingen, um nicht zu fallen.

Er senkte den Kopf und küsste mich zum ersten Mal, seit wir sechzehn Jahre alt waren.

Mein Herz hatte all die Jahre geschlafen, und plötzlich erwachte es in einem Strudel der Gefühle. Wärme strahlte von seinem Körper aus und zog mich tiefer in seinen Kuss. Seine weichen Lippen schmiegten sich an meine, sanft und fordernd zugleich. Seine Zunge strich über meine Lippen, bettelte um Einlass und ich öffnete meinen Mund, um ihn einzulassen.

Er schmeckte nach warmem Apfelwein und Zimt mit genau der richtigen Menge an Wärme. Seine Hand streichelte meine Seite, während die andere mich mit einer Handfläche unter meinem Hintern stützte. Ihm so nahe zu sein, erinnerte mich daran, wie wir uns geliebt hatten, bevor meine Eltern mich ihm weggenommen hatten.

Er stöhnte und das Geräusch durchdrang mich und versetzte jeden Nerv in meinem Körper in Aufruhr. Meine Seele wurde lebendig und sang in freudiger Harmonie mit meinem Herzen. Ich war wie elektrisiert, als er unsere Umarmung vertiefte. Seine Finger verschränkten sich mit meinen und er zog sie über meinen Kopf, was Erinnerungen an gestohlene Küsse an heißen Sommertagen weckte. Ich stöhnte auf, als er sich schließlich von mir löste.

Sein Blick traf meinen. „Paige."

Rhythmische Klopfgeräusche kamen näher und Granny Vi steckte ihren Kopf neben uns hoch. „Vielleicht müsst ihr meine kleine Belohnung ja doch nicht gewinnen?"

Ich kicherte und Darrows Lachen schloss sich mir an. Der Moment war vorbei, aber die Wärme durchströmte mich immer noch, als wäre ich ein Topf, der kurz vor dem Überkochen stand und den man von der Flamme weggezogen hatte. Es würde nicht viel brauchen, um mich wieder zum Kochen zu bringen.

Ein Blick in die Runde machte deutlich, dass wir abgesehen von Granny und Onkel Bub allein in der Lobby waren. Er beobachtete uns mit einem spekulativen Schimmer in den Augen.

„Jemand hat alle Partysnacks gestohlen", sagte Granny Vi. „Ich und Bub gehen in die Küche und bitten sie, ein Tablett für uns in den Ballsaal zu bringen."

„Snacks sind immer willkommen", erwiderte Onkel Bub mit einem Nicken.

Darrow ließ meine Füße auf den Boden sinken und nahm meine Hand, die er festhielt, als wolle er sie nie wieder loslassen.

„Los geht's Elvira", sagte Onkel Bub und stupste sie in die Seite.

„Du bist so ein Süßholzraspler Bub", erwiderte Granny mit einem Kichern. „Wir können über unsere neue Partnervermittlungsidee reden, während wir ihnen beim Basteln von Schneeskulpturen zusehen."

„Partnervermittlungsidee?", fragte ich neugierig.

„Der Ruhestand ist ein Spaß, bis man über Körperteile spricht, die nicht mehr so gut funktionieren wie früher", seufzte Granny. „Deshalb haben Bub und ich beschlossen, eine Partnervermittlung zu starten."

„Wir verstehen die Liebe", fügte Bub hinzu und grinste in Grannys Richtung.

„Das klingt toll", sagte ich. „Ich wünsche euch alles Gute." Stell dir die Paare vor, die sie finden. Was für ein Brüller.

„Glaubst du, dass eines der Paare einen Schneedildo machen wird?", fragte Granny Onkel Bub, während sie den Flur entlangliefen, mit dem Ziel, die Küche zu erreichen. „*Das* wäre der Hammer."

„Einen Schneedildo, was?", lachte ich.

„Es wäre nicht das erste Mal."

Ich runzelte die Stirn. „Hast du einen Schneedildo gemacht?"

„Nein, aber du wärst überrascht, was die Leute alles aus Stein erschaffen wollen."

Ha ha. „Ich möchte mehr darüber erfahren."

„Und ich teile gerne, aber der Schnee wartet bereits." Er nahm meine Hand und rannte mit mir den Flur entlang, als wären wir wieder Kinder. Wir stürmten nach draußen.

Die Mitarbeiter des Schlosses hatten im Hinterhof Schneehaufen aufgeschüttet und ich nahm an, dass wir nicht wirklich schnitzen würden. Es würde eher eine Art Formen sein, so wie die Leute einen Schneemann bauen. Es würde zwar nicht an die Kunstwerke heranreichen, die Darrow schuf, aber die Aufgabe würde Spaß machen, weil ich sie mit ihm zusammen machen würde.

Über Nacht hatte sich die Welt in ein Winterwunderland verwandelt. Ein dicker weißer Teppich hatte sich über die sanften Hügel hinter dem Schloss gelegt, verdeckte bunte Gärten und überzog die immergrünen Bäume, als wären sie mit Puderzucker bestäubt worden.

Wolken verdeckten die Sonne, aber das gedämpfte Licht ließ die Schatten um uns herum tanzen.

Die anderen Paare haben bereits an ihren Haufen gearbeitet und einen für uns übriggelassen.

„Was sollen wir machen?", fragte ich Darrow. Unser "Haufen" war so groß wie er selbst und etwa drei Meter breit. „Ich habe Kinder gesehen, die so etwas auf Winterfesten machen. Sie machen Drachen, die auf dem Boden liegen oder Schlitten." Ich deutete mit einer mit Fäustlingen bekleideten Hand zu den Flaschen mit Lebensmittelfarbe, die auf einer Bank in der Nähe standen. „Damit können wir das Ganze verzieren."

„Wir sollten das hier benutzen", sagte Elisa mit einem langgezogenen Seufzer. Sie und Raze arbeiteten an dem Haufen zu unserer Linken. Sie hielt etwas hoch, das aussah wie eine Mini-Kettensäge oder eine dieser elektrischen Klingen, mit denen man die Hecken schneidet.

Raze brummte und hob seine großen, knorrigen Hände. Er hatte seine Mütze auf den Kopf gestopft und trug seinen Schal, aber außer einer schwarzen Anzughose trug er nur ein weißes Hemd zum Aufknöpfen und - unglaublich genug - eine Krawatte. Er trug keinen Mantel und zitterte nicht. Vielleicht hatte er ein dickes Fell.

Hat er sich jemals leger gekleidet? Hier war er mehr als Trevors Cousin, der eine Aktivität genoss. Als Hochzeitsplaner war dies auch Teil seines Jobs.

Wenn er ein Flanellhemd und eine Jeans anziehen würde, könnte die legere Kleidung vielleicht seine gelbe Haut reizen.

„Wirklich?", fragte er. „Meinst du, wir können damit präzise Schnee schnitzen?" Er rollte mit seinen grünen Augen, die zum Teil hinter seiner Brille verborgen waren, und wenn ich ihn nicht angestarrt hätte, hätte ich nicht bemerkt, wie seine Lippen subtil nach oben zuckten. Wollte er sie aufziehen? Wenn ja, hat sie es nicht verstanden. Es ist typisch für einen Mann, dass er um eine Frau herumtänzelt, um sie anzuziehen. „Wie du es schaffst dir kunstvollen Hochzeitsschmuck auszudenken, ist mir ein Rätsel." Er nahm einen Spachtel und hielt ihn ihr hin. „Warum nimmst du nicht das hier?"

Sie starrte darauf hinunter. „Das sieht aus wie etwas, mit dem wir eine Hochzeitstorte dekorieren würden."

„Du vielleicht", erwiderte er und rümpfte seine große Nase. „Ich bevorzuge feinere Werkzeuge." Wieder sah es so aus, als würde er ein Lächeln unterdrücken.

„*Du* und fein?" Verärgert ließ Elisa die Kettensäge auf den Boden fallen und entriss ihm den Spachtel. „Dann zeig es mir, Mr. Wunderbarer Hochzeitsplaner. Wie soll ich es benutzen? Ich habe das noch nie gemacht."

„Nun ich schon und ich bin gerne bereit, dich zu unterrichten."

„Da bin ich mir sicher."

Ich ignorierte ihr Gezänk und wählte einen Spachtel aus dem Stapel von Werkzeugen neben unserer Skulptur. Gute Idee mit dem Werkzeug Raze. „Warum machen wir nicht einen Bären oder ein Pferd?", fragte ich Darrow.

„Ich dachte an …" Er beugte sich vor und senkte seine Stimme. „Ein Schloss."

„Oh! Ja, das klingt perfekt."

Mit dem Hammer in der Hand schlug Gunner auf seinen und Rylees Schneehügel ein, während Rylee ängstlich hin und her wich, um den herumfliegenden Schneeklumpen auszuweichen.

Sie sah mich an und grinste. „Ich glaube nicht, dass wir den Preis für diese Veranstaltung gewinnen werden, du etwa?"

Ich hatte Gunner noch nicht abgeschrieben. Er war klug und fleißig.

Das Scharren von Schaufeln und anderen Werkzeugen ertönte, als Monica und Trevor an einem möglichen Schneebaum arbeiteten. Wenn sie es schafften, Ornamente in die Oberfläche zu schnitzen, war das ein harter Wettbewerb für uns. Während sie fleißig zusammenarbeiteten, erfüllte das beruhigende Dröhnen ihrer Werkzeuge die Luft. Sie arbeiteten zu den Weihnachtsliedern, die aus einem an der Rückseite des Schlosses angebrachten Lautsprecher ertönten.

Rylee lachte wieder und reichte Gunner ein weiteres Werkzeug. Er schien froh zu sein, unter ihrer Aufsicht ganz allein an der Struktur zu arbeiten.

Ich drehte mich zu Darrow um, der ebenso eifrig an unserer Skulptur bastelte und eilte hinüber, um zu helfen.

„Sag mir, was ich tun soll", forderte ich. „Ich will Teil davon sein." In all den Jahren hatte ich es verpasst, etwas mit meinem Freund zu unternehmen und ich wollte nicht noch mehr Zeit verstreichen lassen.

„Warum arbeitest du nicht an dem Schlossgraben?" Er

deutete auf die Stelle, an der er einen unvollendeten Hügel zurückgelassen hatte, der sich von der vorderen Wand seines bereits beeindruckenden Bauwerks ausbreitete.

Ich trat zurück, um zu bewundern, was er bereits kreiert hatte, obwohl er nur an den Außenmauern gearbeitet hatte und in der Mitte einen höheren Hügel stehen ließ, auf dem wir das Residenzstück, die eigentliche Burg, errichten würden.

Dicke Steinmauern erstreckten sich vom Sockel des Schlosses aus und umgaben es schützend. Die Mauern wurden von hohen Türmen mit kegelförmigen Dächern unterbrochen, die der Burg ein märchenhaftes Aussehen verliehen.

Magie umgab uns und erwärmte mein Herz, als ich auf die Knie sank und begann, einen Fluss mit Wellen und einer Zugbrücke zu schnitzen, die sich darüber spannt.

„Das machst du gut, Babe. Sehr gut", sagte Rylee und grinste über den eigentlich ganz anständig aussehenden stehenden Bären, den Gunner geschaffen hatte. Er arbeitete an den Seiten und machte zarte Rillen, um ein Fell zu simulieren. Seine Ohren waren nach vorne gerichtet und seine Nase zeigte nach oben, als ob er die Luft wittern würde.

„Du hast ein Händchen fürs Schnitzen Gunner", staunte ich. „Du wirst mir und Darrow harte Konkurrenz machen."

„Ich fürchte, *wir* werden verlieren", seufzte Elisa und ließ sich neben mir auf die Knie fallen. „Tolles Schloss übrigens. Unser Drache ist ziemlich schief, aber wir geben uns trotzdem Mühe."

Ich schaute zu Raze, der immer noch an dem Drachen arbeitete. „Der Wettbewerb ist noch nicht vorbei."

„Hätten wir uns am Anfang nicht gestritten, hätten wir den Schwanz nicht versaut. Er ist zu kurz."

„Schnappt euch mehr Schnee und bringt es in Ordnung."

Sie nickte langsam. „Ich denke, das könnte ich tun."

„Und wenn du schon dabei bist, hör auf wütend zu sein. Vielleicht grinst du ihn an und schaust, was passiert."

Sie warf Raze einen spekulativen Blick zu. „Er ist so eine hochnäsige, spießige, versnobte Nervensäge."

Ich baute sorgfältig ein Geländer an einer Seite meiner Brücke. Darrow war ein Meister der Bildhauerei und hatte bereits große Fortschritte mit unserem Schloss gemacht. Es würde fantastisch werden, wenn es fertig war. Ich konnte es kaum erwarten, mit den Farben anzufangen. „Warum denkst du, dass er eine Nervensäge ist?"

„Weil er es ist?"

„Er nervt dich."

Sie rollte mit den Augen. „Das tut er wirklich. Ich kann nicht verstehen, warum Monica ihre eigene Hochzeitsplanerin eingestellt hat, wenn Trevors Cousin Raze die Sache selbst in die Hand nehmen kann. Aber hier bin ich und versuche, das so gut wie möglich hinzukriegen."

„Du und Monica seid Freunde. Und du hast einen tollen Job gemacht."

„Danke. Ich brauchte diesen Job. Ich bin gerade nach Monsterville gezogen, um neu anzufangen, und es wird eng werden bis das Geschäft wieder läuft."

Ich schaute zu ihr hoch und blinzelte durch die trübe Sonne. „Vielleicht sehe ich das falsch, aber wenn du ihn nicht anknurrst, sieht er dich mit etwas Interessantem in seinen Augen an."

„Er ist einfach nur genervt", erwiderte sie. „Alles, was ich sage, lässt ihn ausrasten."

„Nein, das ist Begierde."

Sie keuchte und blinzelte Raze an, der sich weiter mit ihrem Drachen beschäftigte. „Er kann mich nicht mögen. Ich . . ."

„Du was?"

„Wenn ja, weiß ich nicht, was ich tun soll." Sie tippte sich ans Kinn und wippte mit der Hüfte. „Ich meine, ich bin gerade erst nach Monsterville gezogen. Er hat ein Hochzeitsplanungsgeschäft, das gut läuft, obwohl ich glaube, dass die Stadt groß genug ist, um zwei Hochzeitsplaner zu unterstützen. Aber wenn wir zusammen wären ..."

„Man könnte Unternehmen zusammenlegen."

„Oh verdammt, nein. Dafür bin ich zu unabhängig. Kannst du dir vorstellen, mit ihm zu arbeiten?"

„Er ist niedlich. Warum nicht?"

„Hm." Sie runzelte weiterhin die Stirn. „Das ist er. Meinst du, er trägt diesen Anzug im Bett?"

„Warum fragst du ihn nicht?"

Ein Grinsen breitete sich auf ihrem Gesicht aus. „Ja genau."

Es würde Spaß machen, das zu beobachten. Ich würde denken, dass ihr Feuerwerk die ganze Stadt erleuchten würde.

„Er ist auf eine Oger Art und Weise erstaunlich", sagte sie und legte ihren Kopf schief. „Diese Brille ... Ich möchte sie ihm vom Gesicht schieben und in seine hübschen grünen Augen starren."

„Warum sagst du *ihm* das nicht anstatt mir?", erwiderte ich mit einem leisen Lachen.

„Auf keinen fall. So etwas kann ich nicht tun. Er ist mein Konkurrent. Ihm in den Arsch zu kriechen würde ... ich weiß nicht, alles durcheinanderbringen."

Vielleicht mussten sie beide schmutzig werden. Es würde *wirklich* Spaß machen, das zu beobachten. Immerhin könnte ich die Show genießen, wenn ich nach Monsterville zurückkehre.

„Ich denke, du bist in eine Sackgasse geraten", erklärte ich.

Sie tippte sich ans Kinn. „Ich glaube, das bin ich." Sie verließ mich und kehrte zu Raze zurück, der immer noch arbeitete. Er warf ihr einen finsteren Blick zu und ich schüttelte kichernd den Kopf.

„Was?", fragte Darrow.

„Ich genieße nur das Feuerwerk."

Er schaute sich um. „Ich sehe keins."

„Eine ungewöhnliche Art, obwohl sie genauso hell leuchten."

KAPITEL 12

darrow

„Die Zeit ist um!", rief Bart.

Er trabte auf die Terrasse hinter uns und kratzte seine Hufe neben drei anderen Angestellten, die ich im Speisesaal gesehen hatte.

Poppy stand stolz neben ihrer beeindruckenden Minotaurus-Schneeskulptur.

Bart schenkte ihr ein Grinsen, bevor er mit einem Vorderhuf in unsere Richtung deutete. „Wenn ihr bitte von euren Skulpturen zurücktretet, wird unser Team jede Einzelne von ihnen begutachten. Sie haben sich bereit erklärt, unsere Skulpturen unparteiisch zu begutachten und zu entscheiden, welche am besten geeignet ist, den Preis zu erhalten." Er ließ einen großen silbernen Beutel mit einer goldenen Schleife baumeln.

Die drei mit Klemmbrettern ausgestatteten Mitarbeiter eilten die Treppe hinunter und kamen zu uns herüber, ihre Blicke auf unsere Skulpturen gerichtet.

Bart folgte ihnen und trabte zu Poppy hinüber. Sein Arm legte sich um ihre Taille und ich spürte, dass es zwischen den beiden ernst wurde. Ich freute mich für sie; jeder hat Glück verdient.

Monica und Trevor kamen zu mir und Paige herüber.

„Eure Skulptur ist wunderschön", seufzte Monica und schenkte ihrer Lokomotive ein trauriges Lächeln. Sie lehnte sich an Trevors Seite und sein Arm legte sich um sie und hob sie hoch. Er ließ sie auf seine Schulter fallen und sie klammerte sich an sein linkes Horn. „Das haben wir gut gemacht. Mir gefällt der kleine Kerl, den du ins Fenster geschnitzt hast mein Schatz. Er lächelt und das macht mich glücklich."

„Deine Räder sind toll." Er drehte seinen Kopf und sie beugte sich vor, um ihn zu küssen.

Paige grinste in meine Richtung. „Wir haben eine starke Konkurrenz." Sie hob ihre Handfläche für ein High Five.

Die Mitarbeiter kritzelten auf ihren Notenblättern herum und hielten bei jeder Skulptur inne.

Der Bär von Gunner und Rylee war gar nicht so schlecht und das will schon etwas heißen, wenn man bedenkt, dass ich Bildhauer bin.

Raze und Elisa hatten sich an ihrem Drachen zu schaffen gemacht, aber er sah eher aus wie ein bunter Schneehaufen mit einem sehr kurzen, gestachelten Schwanz. Sie warf ihm unter ihren Wimpern immer wieder verwirrte Blicke zu und er erwiderte es mit einem finsteren Blick. Das Feuerwerk von dem Paige sprach, sollte den Himmel erhellen.

Als sie an unserem Schloss vorbeikamen, hielten die Juroren bei der Arbeit von Raze und Elisa an. Sie nickten und flüsterten, bevor sie sich das Werk von Gunner und

Rylee und das von Bart und Poppy ansahen. Danach kehrten sie auf die hintere Terrasse zurück.

„Kommt doch bitte alle herein", rief einer von ihnen und löste einen Schauer aus. „Wir werden die Punkte zusammenzählen und das Siegerteam verkünden."

„Ja kommt alle mit", sagte Bart, nahm Poppys Hand und drängte sie auf die Terrasse. "Nach der Preisverleihung werden wir Monicas und Trevors Pläne für den Nachmittag und Abend teilen.

„Kommt ihr zwei", grinste Monica, als Trevor an uns vorbeiging, wobei sie immer noch auf seiner Schulter saß. „Ich möchte einen Kakao vor dem Kamin trinken, den ich heute Morgen in dem kleinen Wohnzimmer gesehen habe." Sie lehnte sich dicht an Trevor und flüsterte. Sein leises, heiseres Kichern deutete an, dass sie sich für ihren "Kakao" vielleicht ein privateres Feuer suchen sollten.

„Was denkst du?", fragte Paige und lächelte zu mir hoch. „Sollen wir uns auch einen Kakao holen und uns vor den Kamin setzen?"

Wenn unsere Beziehung nur schon so weit wäre, dass ich wie Trevor reagieren und vorschlagen könnte, dass wir unser eigenes Feuer machen. Eines Tages? Das war mein Ziel.

„Kakao hört sich toll an und das Feuer auch." Ich hielt die Tür auf, damit sie vor mir eintreten konnte und folgte ihr hinein.

„Ich liebe Schokolade", sagte sie. „In jeglicher Form und Weise."

„Schokoriegel?", fragte ich, als wir unsere Oberbekleidung auszogen und sie den wartenden Mitarbeitern übergaben. Wir zogen unsere Stiefel aus und stellten sie auf der Gummimatte neben der Tür ab.

„Oh auf jeden Fall."

Wir gingen den Flur entlang.

„Wie wäre es mit einem Schokoladenkuchen mit viel klebrigem Schokoladenguss?", fragte ich.

„Ja." Sie grinste über ihre Schulter, ihr Blick war auf mein Gesicht gerichtet. „Worauf willst du hinaus Darrow?"

Wir erreichten das Foyer und hielten inne.

„Eis mit scharfer Soße?" Ich wackelte mit den Augenbrauen und meine Haare sträubten sich von meinem Kopf weg, als Reaktion auf die Hitze, die sich in mir aufbaute.

Sie betrachtete es stirnrunzelnd, und als sie ihre Hand näherte, wickelte sich eines der Strähnen um ihren Finger. Es klammerte sich an sie, so wie ich es tun wollte.

„Jede Art von Schokolade." Sie zog ihre Finger weg, aber anstatt sich zurückzuziehen, fuhr sie mit ihnen an der Vorderseite meines Hemdes entlang und ließ die Spitze zwischen zwei Knöpfe gleiten, um meine Haut zu berühren. „Deine Haut ist warm."

„Leider bin ich nicht aus heißer Schokolade gemacht."

Sie warf einen errötenden Blick zu mir hoch. „Das heißt aber nicht, dass du nicht genauso essbar bist."

Verdammt ja, das war ich.

Weil ich nicht widerstehen konnte, flüsterte ich in ihr Ohr. „Lass uns etwas Schokoladensoße finden, sie aufeinander träufeln und sie dann ablecken."

KAPITEL 13

paige

Trotz der kühlen Luft, die durch die offene Tür um uns herumwirbelte, brannte meine Haut lichterloh.

„Ich habe so etwas noch nie gemacht", sagte ich und stellte mir vor, wie ich auf einer weichen Oberfläche lag, während Darrow Schokoladensoße auf meinen Körper träufelte und sie dann abschleckte. Ich würde das Gleiche für ihn tun.

„Schade", erwiderte er, seinen Blick auf meinen Mund gerichtet. „Ich glaube, es würde dir gefallen."

Ich würde es tun. Daran bestand kein Zweifel.

„Hast du?" Ich schluckte, als der Rest unserer Gruppe an uns vorbeiging und in die vordere Stube ging, wo ein Feuer fröhlich knisterte.

„Noch nicht." Er nahm meine Hand und führte mich mit. „Ich habe auf die richtige Zeit, den richtigen Ort und die richtige Person gewartet."

Mich?

Ich kannte den Kerl in- und auswendig, zumindest damals. Sein Äußeres hatte sich ziemlich verändert, aber er war immer noch der Darrow, in den ich mich mit sechzehn Jahren verliebt zu haben glaubte. Ich konnte diesen mageren Freund nicht ganz mit dem muskulösen, sexy sprechenden Gorgonen neben mir in Einklang bringen.

Eines war klar: Er wollte mich auf jede Art und Weise, in der ich bereit war, mich ihm hinzugeben. Es lag an mir, zu entscheiden, was und wann. Ich spürte, dass er mich nicht zu etwas drängen würde, das ich nicht wollte, aber wenn ich ihm sagte, er solle mich jetzt ins Bett bringen, würde er es tun.

Und ich würde es genießen, Schokoladensoße hin oder her. Das wusste ich tief in mir.

„Hier drinnen", verkündete der Mitarbeiter vor uns und wies uns den Weg in den Raum. Als ob Monica vorher angerufen hätte, um ihre Bestellung aufzugeben, standen Tassen mit dampfendem Kakao auf einem Tisch neben dem Feuer.

„Nehmt euch eine Tasse", sagte Bart. „Setzt euch ans Feuer und wärmt euch ein bisschen auf. Die Juroren zählen die Punkte und geben sie bald bekannt." Sein Schweif-Schwanz schwang hinter ihm hin und her, lang und dünn mit einer buschigen Spitze - farblich passend zu der langen Mähne, die sein Gesicht umgab.

Poppy schnappte sich eine Tasse, spritzte Schlagsahne darauf und setzte sich zu ihm aufs Sofa. Als sie an der Sahne leckte, weiteten sich seine Augen, aber er grinste und flüsterte etwas, das ihre Haut dunkel werden ließ.

Sie waren ein süßes Paar, und ich wünschte ihnen alles Gute.

Darrow reichte mir eine Tasse und als er sich neben

mich ans Feuer setzte und sich dicht an mich lehnte, strich eine seiner Haarsträhnen über meine Wange.

„Sie mögen mich", schmunzelte ich und hob meine Tasse, um einen Schluck zu nehmen. Als der Kakao meine Lippen berührte, breitete sich ein Gefühl der Geborgenheit aus. Die weiche Textur glitt meine Kehle hinunter und überzog sie mit Wärme, obwohl sie nicht mit dem Feuer verglichen werden konnte, dass mich von Darrows Berührung durchzuckte. Würde ich es wagen, vorzuschlagen, dass wir uns davonschleichen und sehen, was wir mit einer Dose Schlagsahne machen können?

„*Jeder* Teil von mir mag dich, Paige, nicht nur mein Haar", erklärte er. Sein Blick blieb auf meinem haften, während er trank. Als er die Tasse absetzte, streckte er seine Zunge aus, um ein Stück Schokolade von seiner Oberlippe abzulecken und ich stellte mir vor, wie diese Zunge über meine Brustwarzen glitt. Und auch über andere intime Stellen.

Ich begegnete seinem Blick. „Was hast du vor zu dagegen zu ..."

„Wir haben einen Gewinner", rief Bart, dessen Hufe auf dem Hartholzboden klackten, als er aufstand. Er trabte zu uns herüber und stellte sich zwischen uns. „Als Erstes möchte ich euch sagen, dass es unseren Juroren sehr schwergefallen ist, eine Entscheidung zu treffen und die Punktzahlen waren alle sehr hoch. Sie mussten sogar mehr als einmal nachzählen, bevor sie den Gewinner bestätigen konnten. Unsere Skulpturen sind so beeindruckend, dass sie in den nächsten Wochen im Schloss ausgestellt werden." Sein Blick schweifte durch den Raum, erfasste jeden von uns und endete bei Poppy. Er zwinkerte ihr zu.

Monica saß auf dem Sofa auf Trevors Schoß, umschlungen von seiner Umarmung. Sie hatte ihren Kopf nach hinten geneigt, um zu Trevor aufzublicken und ich vermutete, dass sie mehr daran interessiert war, wo sie sich nackt vor dem Feuer rekeln konnten, als daran zu erfahren, wer gewonnen hatte.

Gunner hielt Rylee auf ähnliche Weise, obwohl sie einen übergroßen, weichen Stuhl in der Nähe des Fensters genommen hatten.

„Wartet auf uns", rief Granny Vi. „Noch nichts ankündigen!" Sie und Onkel Bub betraten den Raum, ihre Stöcke klapperten harmonisch auf dem Boden und sie ließen sich gemeinsam auf einem großen, weichen Sofa nieder. Sie hob ihren Stock und deutete mit der Spitze auf den ganzen Raum. „Ihr könnt jetzt fortfahren."

Onkel Bub grinste. „Da draußen gibt es großartige Skulpturen. Meine Knochen wären eingefroren, aber ihr jungen Leute habt noch viel Kraft in euch."

Granny flüsterte etwas, das seine faltigen Wangen rosa werden ließ; er kicherte und schlug ihr auf den Schenkel.

„Ich habe das Gefühl, dass sie unseren Bären irgendwo in der Nähe des Waldes parken werden", sagte Rylee mit einem fröhlichen Lachen. „Oder vielleicht nehmen wir ihn mit nach Hause und stellen ihn in unseren Vorgarten." Sie kicherte, als Gunner sich an ihren Hals schmiegte und ihr etwas zuflüsterte, woraufhin sich ihre Arme um ihn schlossen.

Sogar Raze und Elisa lehnten sich aufgeregt nach vorne, obwohl sie zwei aufrechte Stühle mit einem Couchtisch dazwischen gewählt hatten. Sie warf ihm einen Blick zu, den ich nicht definieren konnte. Sehnsucht? Nein, sie mochte ihn nicht. Sie hatte ihm klargemacht, dass er ihr stärkster Konkurrent war und dass sie alles tun würde, um ihr Geschäft trotz seiner möglichen Einmischung zum Erfolg zu führen.

Raze war für mich undurchschaubar. Ich hatte ihn ein paar Mal in der Stadt gesehen, aber wir hatten nie miteinander gesprochen. Aus der Ferne fiel mir sein verklemmter Gesichtsausdruck auf und da er stets einen Geschäftsanzug trug, hatte ich das Gefühl, dass er auf einer Party nicht gerade lustig sein würde. Aber meine Mutter sagte immer, dass stille Wasser tief sind.

„Für uns ist klar, wer gewonnen hat", rief Granny Vi.

„Bitte", sagte Bart und hielt einen Vorderhuf hoch. „Jede Skulptur ist auf ihre eigene Art und Weise gleich schön."

„Das habe ich auch gesagt", murmelte Onkel Bub. „Dieser Bär bringt meine Knochen fast zum Zittern." Er wackelte in seinem Sitz. „Und der Drache? Ich hatte erwartet, dass er Flammen schießen würde."

Elisa grinste Raze an, der in Onkel Bubs Richtung schaute und verfehlte ihn.

„Was das Schloss angeht, so wäre ich versucht, mich dort niederzulassen, wenn ich nicht eine schöne Suite in Violets B&B hätte. Außerdem braucht sie mich, um jeden Sonntag mein spezielles Gebäckrezept zuzubereiten."

Granny Vi schenkte ihm ein gebissvolles Lächeln und tätschelte ihm den Arm. „Dein Gebäck *ist* fantastisch Bub."

„Und was die Lokomotive angeht, so habe ich schon lange nicht mehr so eine gute Arbeit gesehen", fügte er hinzu. „Und der Minotaurus von dir und Poppy sieht aus, als könnte er dein Bruder sein."

Poppy grinste. „Wir haben gute Arbeit geleistet."

„Genau", erwiderte Bub.

„Siehst du?", sagte Gunner zu Rylee. „Ich sagte doch, es ist perfekt."

„*Du bist* perfekt", schmunzelte sie. Sein Kopf senkte sich und er gab ihr einen intensiven Kuss.

„Jetzt weißt du, warum es der Jury so schwergefallen ist, eine Entscheidung zu treffen", erklärte Bart. „Aber es kann nur ein Gewinnerpaar geben und ..." Er fuchtelte mit einem Stück Papier in der Luft herum. „Es sind Darrow und Prinzessin Paige!"

„Prinzessin?" Monica kicherte und schlug sich eine Hand vor den Mund, während die anderen Mitarbeiter in meine Richtung strahlten.

KAPITEL 14

darrow

Ich erhob mich, verbeugte mich tief vor Paige und nahm ihre Hand. Ich küsste sie und grinste zu ihr hoch.

„Wir müssen ihnen sagen, dass ich keine Prinzessin bin", flüsterte sie.

„Nein, sie sollen denken, dass sie königlichen Besuch haben. Dann haben sie später etwas, womit sie prahlen können."

Ihr verschwörerisches Grinsen ging mir durch Mark und Bein. Ich musste sie auf jeden Fall mit etwas Schokoladensirup allein erwischen.

„Wenn einer von euch herkommt", sagte Bart. „Dann gebe ich euch den Preis." Er deutete mit einem Huf zu dem großen silbernen Beutel, der auf einem Tisch in der Nähe stand.

Ich schritt hinüber, griff nach dem Beutel und spähte hinein, während ich zu Paige zurückging. Ich ließ mich neben ihr nieder und schenkte ihr ein verschmitztes Lächeln. „Du wirst nicht glauben, was da drin ist."

„Was ist da drin?", fragte sie.

Ich holte eine Flasche mit Schaumbad und einen Schwamm auf einem Holzstab hervor.

„Oh das muss von Granny Vi sein", schmunzelte Paige. „Danke Granny Vi!"

„Die sind nicht von ihr", flüsterte ich.

„Eigentlich ist das von uns", sagte Monica. „Es ist ein Scherzgeschenk, aber ihr könnt es gerne benutzen, wie ihr wollt. Es gibt Badewannen in allen Schlafzimmern."

Ich hatte bereits die große Badewanne mit Klauenfüßen in der Nähe meines Fensters bemerkt. Hatte Paige's Zimmer auch so eine?

„Ich habe ein paar interessante Vorstellungen für dieses Schaumbad", erklärte Paige und nahm mir den Schwamm aus der Hand. Sie zwinkerte mir zu und senkte ihre Stimme. „Wenn jemand etwas Schokolade auftreiben könnte, könnten wir vielleicht eine Party feiern." Sie stupste mit dem Kinn auf das Tablett mit den Kakaotassen, auf dem eine braune Flasche mit Sirup stand. „Was das betrifft, habe ich ein paar interessante Vorstellungen."

„Eigentlich", fügte ich leise hinzu. „Ist der Preis von Granny Vi noch in dem Beutel. Bist du bereit, mir einen Freibrief für den Preis und die Schokolade zu geben?"

KAPITEL 15

Paige

Ich war mir nicht sicher, wohin unsere Anspielungen führen würden, aber ich konnte es kaum erwarten, es herauszufinden.

Wir tranken unseren Kakao. Bevor ich vorschlagen konnte, dass ich eigentlich ein langes Bad in einer Wanne nehmen wollte, rief Bart erneut.

„Das Mittagessen wird im Speisesaal serviert und danach haben wir eine schöne Überraschung für euch alle."

Monica klatschte aufgeregt in die Hände. Trevor strahlte und ich konnte sehen, dass er in die Planung eingebunden war.

„Hier entlang Prinzessin", rief eine der Angestellten und winkte mich heran. „Die Braut und der Bräutigam sollten zuerst eintreten, aber als Prinzessin müssen Sie als Zweite gehen."

„Ich bin keine Prinzessin", flüsterte ich, als ich an ihr vorbeiging und den Salon durch die Tür verließ, die diesen Raum mit dem nächsten verband.

„Sie wollen nicht erkannt werden, nicht wahr Eure

Hoheit?", fragte sie mit einem Augenzwinkern. „Ich verstehe. Wenn ich königlich wäre, würde ich mir auch Sorgen um die Paparazzi machen. Seien Sie versichert, Ihr Geheimnis ist bei uns sicher. Niemand wird ein Wort an die Presse weitergeben."

„Ah ähm." Ich kniff die Augen zusammen, ergriff Darrows Hand und zog ihn hinter mir in den Speisesaal. Ich lehnte mich an seinen Arm, als wir den großen Esstisch umrundeten und unsere Plätze suchten. „Du steckst in Schwierigkeiten Großer."

Er taumelte zurück, grinste aber. „Ich?"

„Ja du", zischte ich. „Du hast das Personal davon überzeugt, dass ich eine verdeckte Prinzessin bin."

„Es gibt nichts Besseres als das Leben einer Prinzessin." Er hielt mir meinen Stuhl hin, damit ich mich setzen konnte.

„Aber ich bin es nicht", erwiderte ich über die Schulter, als ich in meinen Sitz rutschte.

„Für mich bist du es." Er half mir, mich vorwärts zu schieben, dann schnappte er sich meine Serviette, die zu einem dreidimensionalen Schwan gefaltet worden war und drapierte sie über meinem Schoß. „Für Euch, Eure Königliche Hoheit, will ich nur das Beste."

So war er. Das wusste ich bereits.

„Solange wir sie überzeugen können, bevor wir abreisen", sagte ich und lenkte ein.

„Das können wir."

Er ließ sich auf den Stuhl neben mir sinken, während unsere Freunde sich um uns herum niederließen. Granny Vi und Onkel Bub humpelten in den Raum, klagten über schmerzende Rücken und Hüften und nahmen die Stühle rechts von Darrow.

Granny lehnte sich um Darrow herum und schaute in meine Richtung. „Hat dich jemand Prinzessin genannt?"

„Es ist ein süßer Name", erwiderter ich. „Er bedeutet nichts."

„Fake it until you make it, sage ich immer." Sie nickte mir frech zu. „Hast du noch nie etwas von Visualisierung gehört? Wenn du wirklich daran glaubst, dass etwas passiert, wird es auch wahr werden. So habe ich es einmal beim Lotto gemacht."

„Du hast im Lotto gewonnen?", fragte ich verblüfft.

„Na ja nur ein paar Rubbellose. Aber eins davon hat mir zehn Dollar eingebracht." Sie tippte sich an die Schläfe. „Ich habe es mir vorgestellt und es ist wahr geworden." Sie lehnte sich zurück und stupste Bub in die Seite. „Was denkst du mein Schatz?"

„Das ich Hunger habe und dass das verdammte Personal besser schnell das Essen bringt", brummte er.

Sie grunzte. „Ich hoffe sie servieren Bohnen."

„Warum Bohnen?", fragte Darrow, wahrscheinlich um sich zu unterhalten. Warum sonst fragen?

Granny Vi lehnte sich dicht an ihn heran und senkte ihre Stimme zu ihrer Version eines Flüsterns, was für uns andere ein mittleres Kreischen bedeutete. „Sie halten mich aufrecht."

„Ah ich verstehe", schmunzelte Darrow. „Das ist wichtig."

„Verdammt richtig", erwiderte Onkel Bub. „Wartet, bis ihr in unserem Alter seid. Ihr Kinder denkt, dass alles einfacher wird, wenn ihr älter werdet, weil wir im Ruhestand sind und so, aber ich sage euch, dass nichts einfacher wird. Ihr macht euch Sorgen, dass eure Gelenke euch im schlimmsten Moment im Stich lassen ..."

„Wie beim Sex", mischte sich Granny Vi ein.

Rylee stöhnte auf. Zusammenzuckend drückte sie ihr Gesicht an Gunners Brust. Er saugte jedes Wort auf, das Granny sagte, als wäre sie ein Orakel, das vom Himmel herabgestiegen war, um vorherzusagen, welche Aktien an der Börse steigen würden.

„Du sagst es Granny", bestärkte Bub. „Diese jungen Leute wissen einfach nicht, wie gut sie es haben. Als ich so alt war wie ihr, konnte ich nicht in einem Schloss wie diesem heiraten." Er lehnte sich dicht an Granny heran. „Bitte entschuldige, dass ich von ihr spreche."

„Ich verstehe dich mein Lieber", erwiderte sie und tätschelte seinen Arm, der auf dem Tisch lag. „Sie war ein Teil deines Lebens und ich bin sicher, du bist besser, weil du sie kanntest."

Er schnaubte. „Das ist fraglich. Ich ließ mich von ihr scheiden, nachdem ich sie mit unserem Nachbarn im Bett erwischt hatte. Aber wie gesagt, nachdem wir in einer normalen Kirche geheiratet hatten, stiegen wir in meine alte Kiste und fuhren für ein paar Nächte in die Stadt. Nichts von diesem ausgefallenen Zeug für uns."

„So war es bei mir und meinem lieben verstorbenen Mann", sagte Granny und blickte zum Himmel hinauf. „Seine Seele ruhe in Frieden. Wir hatten eine einfache Zeremonie und eine einfache Hochzeitsreise."

Wir wurden vor weiteren aufschlussreichen Gesprächen bewahrt, als das Personal gedeckte Teller mit verschiedenen

Speisen brachte, die ausreichten, um acht hungrige Bildhauer und zwei ältere Verwandte satt zu machen.

„Bitte sehr Eure Hoheit", räusperte sich jemand hinter mir. „Wir dachten Ihr mögt vielleicht ein Gericht, das Eurer hohen Stellung würdig ist." Sie stellte einen Teller vor mir ab.

Ich starrte auf einen Haufen runder Schalen, etwa so groß wie mein Daumen, die in Butter schwammen.

„Ah danke", erwiderte ich.

„Schnecken", rief Granny. Sie betrachtete die Steakspitzen, die auf einem der Teller lagen, die gebutterten Kartoffeln und die Gemüsemischung mit finsterem Blick. „Ich nehme nicht an, dass ..." Sie streckte ihre Gabel in meine Richtung.

Zum Glück eilte das Personal zurück in die Küche, um vielleicht ein Wildschwein für meinen zweiten Gang zu erlegen.

Ich hob den ganzen Teller an und reichte ihn Granny. „Ich sehe leider keine Bohnen, aber du kannst diese als Trostpreis haben."

„Ach mach dir darüber keine Sorgen, Liebes. Ich werde heute Abend vor dem Schlafengehen ein paar Ballaststoffe zu mir nehmen."

Danach haben wir das Essen aufgetischt und gegessen.

Rylee und Trevor waren ziemlich gut im Umgang mit ihrer älteren Verwandten. Granny versuchte mindestens dreimal, das Gespräch auf Aktivitäten im Schlafzimmer zu lenken, aber Rylee lenkte sie ab, indem sie sie bat, uns Geschichten aus ihrer Kindheit zu erzählen. Trevor schlug vor, sie solle singen, was vielleicht keine so gute Idee war, als

Onkel Bub dazukam und seinen Bierbecher hin und her schwenkte.

Die nette alte Dame erzählte, wie es war, mit acht Geschwistern an der Küste von Massachusetts aufzuwachsen und brachte uns alle mit ihren Streichen zum Lachen.

Als sie zu zögern begann und die Vorzüge außerirdischer Dildos erwähnte, lenkte ich das Gespräch auf Spekulationen darüber, was die Überraschung am Nachmittag sein könnte.

„Wir gehen Schlitten fahren", sagte Darrow mit absoluter Gewissheit.

„In der Nähe des Schlosses gibt es keine großen Hügel", erwiderte ich.

„Natürlich gibt es die", erklärte Bart. Auf Drängen der anderen hat er sich zu Poppy gesetzt. „Der Hügel vor der Tür würde sich gut eignen." Er zwinkerte Monica zu, die kicherte.

Okay, Schlittenfahren könnte also ein Plan sein.

„Eigentlich ..." sagte ich. „Glaube ich, ist der Nachmittag wie geschaffen für ein Schaumbad."

„Oh verdammt ja", rief Monica mit einem Grinsen. „Ich habe den Schwamm am Stiel gleich doppelt gekauft, ein Bad steht also auf jeden Fall auf meiner Agenda."

„Ich wasche dir gerne den Rücken", schmunzelte Trevor.

Sie kitzelte ihn in der Seite und sein raues Lachen brach aus. „Das würde mich sehr freuen."

„Was ist mit dir Paige?", fragte Darrow leise.

Ich grinste und senkte meine Stimme. „Ich glaube auf dieser Scheuerbürste steht dein Name."

KAPITEL 16

darrow

Ich wollte mit Paige in die Badewanne steigen und nicht nur ihren Rücken schrubben. Und ich hatte einige Ideen für andere Bereiche, die ich schrubben könnte, während ich dabei war.

Mein Schwanz stand in Flammen und drohte in einer vollen Erektion zu enden, wenn Paige mich so reizte. Die Rache würde besonders süß sein.

Schokoladig, um genau zu sein.

Hitze schwirrte durch meine Adern, aber es verschaffte mir eine seltsame Befriedigung, meinem Körper zu sagen, er solle langsam machen und warten. Wenn Paige und ich endlich zusammenkamen - und zur Hölle, ja, das würden wir - wollte ich, dass sie genauso heiß war wie ich.

Mein Ziel war es, dass sie sich windet, quasi bettelt, bevor ich sie hochnehme und auf ein Bett lege.

Nach dem Essen brachten sie uns Teller mit kleinen Kuchen und wir aßen bis wir das Gefühl hatten zu platzen.

Bart erhob sich und ging zum Kopfende des Tisches,

wobei er uns alle mit einem breiten Grinsen betrachtete. „Wie ich sehe, habt ihr eure Mahlzeiten genossen." Sein Blick wanderte von dem Teller mit den leeren Schneckenhäusern, die ich klugerweise von Granny Vi zurückgenommen hatte, nachdem sie sie gegessen hatte, zu mir und sein Grinsen wurde breiter. „Sind wir bereit für unsere Aktivität am späten Nachmittag?"

„Ja", rief Monica und klatschte.

Wer hätte gedacht, dass ein Wochenende bei einer Hochzeit so viel Spaß machen könnte? Ich dachte, ich würde mich langweilen und gegenüber Trevor eine Ausrede finden müssen, um früher abzureisen. Stattdessen wollte ich für immer an diesem magischen Ort bleiben.

„Raze hat mir gesagt, was wir als Nächstes machen", erklärte Elisa und schenkte ihm ein schüchternes Lächeln, das er nicht zu bemerken schien. Hatte er bemerkt, dass sie ihn nicht mehr anknurrte, sondern verknallt war? Vielleicht nicht. Ich kannte Raze nicht gut, aber nach dem, was ich gesehen hatte, war er sehr auf den Aufbau seines Geschäfts konzentriert und nahm alles andere nicht wahr.

Aber sie war nett und ich konnte mir vorstellen, dass sie gut zusammenpassen würden. Warum sollten zwei Hochzeitsplaner miteinander konkurrieren, wenn sie zusammenarbeiten könnten, um eine gut funktionierende Maschinerie zu schaffen? Vielleicht würden sie es am Ende mit einer gemeinsamen Aktion versuchen. Dann wären sie ein schlagkräftiges Hochzeitsplanungsunternehmen.

„Wenn ihr euch alle für eine Aktivität im Freien einpacken und zu uns nach draußen kommen würdet," sagte Bart. „Wir machen eine Schlittenfahrt!"

„Oh, das klingt romantisch", rief Elisa. Sie blickte durch ihre Wimpern zu Raze.

Raze hatte sein Telefon gezückt und ich nahm an, dass er diese Veranstaltung organisiert hatte und "Schlittenfahrten" auf seiner Liste abhakte. Wenn andere Aktivitäten oder Leckereien auf dem Programm standen, würde er mit Bart sprechen, um sicherzustellen, dass sie auch zur richtigen Zeit und am richtigen Ort präsentiert wurden.

„Lasst uns gehen", sagte Monica und lächelte uns alle an, als sie sich von ihrem Stuhl erhob.

„Ich nicht", erwiderte Onkel Bub. „Ich friere mir draußen nicht den Arsch ab, wenn ich vor dem Kamin sitzen und Wein trinken kann." Er warf einen Blick auf Granny Vi. „Was sagst du Elvira? Sich zu ihnen gesellen und Erfrierungen am Hintern riskieren oder machst du es dir mit mir am Feuer gemütlich?"

„Wein und Feuer sagst du? Warum Bub." Sie grinste und klopfte ihm auf den Arm. Sie erhob sich und griff nach ihrem Stock, den sie gegen den Tisch gelehnt hatte. „Du hast doch nicht vor, mich beschwipst zu machen und mich zu verführen oder?"

„Möchtest du das?", fragte er mit zerknirschtem Gesicht. Er stand ebenfalls auf, nahm seinen Stock und folgte ihr zur Tür.

Sie kicherte, beschleunigte ihre Schritte und stapfte auf den Flur hinaus. „Warum folgst du mir nicht und findest es heraus?"

„Frauen", rief Onkel Bub uns allen zu. „Ich war immer der Meinung, dass ein Mann im Leben nur eine Wahl hat, wenn es um sie geht. Man kann sie lieben oder man kann sie verstehen. Im Moment kann ich mich nicht entscheiden, aber vielleicht ist es jetzt an der Zeit, es herauszufinden. Ich sehe euch junge Leute später - viel später."

Mit diesen Worten verließ er den Raum.

Monica kicherte hinter ihren Fingern.

Trevor rollte mit den Augen. „Zu viele Informationen für mich."

„Aber sicher." Rylee nahm Gunner's Hand. „Was denkst du? Lieben oder verstehen?"

„Beides", erwiderte er. „Ich wähle beides."

„Er ist ein weiser Ork", sagte Paige, die sich zu mir gesellte, als wir den Raum verließen.

Wir zogen uns für die Kälte an und trafen uns draußen auf dem Gehweg.

Auf der anderen Seite der Einfahrt schnitt eine doppelte Metallspur durch den Schnee und schlängelte sich in einem Bogen um die Innenseite der Einfahrt. Links von uns ertönte das Wiehern eines Pferdes und ein von zwei falschen Pferden gezogener Schlitten glitt in unsere Richtung, gefolgt von vier weiteren Fahrzeugen.

„Zu euren Füßen steht Glühwein in einem Flachmann und Tassen", erklärte Bart. Er hatte einen leuchtend grünen Hut auf dem Kopf - seine Hörner ragten an beiden Seiten heraus - und einen passenden Mantel mit weißem Flauschbesatz. Er trug keine Stiefel, aber ich nahm an, dass er mit seinen Hufen auf Holz und Teppich gleichermaßen Halt hatte. „Warme Decken warten auf euch für einen gemütlichen Ritt durch den Wald. Der Ritt dauert etwa eine Stunde, und wenn ihr zurückkehrt, bringen wir euch ins Haus, damit ihr euch zu euren älteren Verwandten ans Feuer gesellen könnt."

Ich freute mich auf die Fahrt; weniger darauf mich zu Vi und Bub ans Feuer zu setzen, wenn wir etwas unterbrechen würden, nach dem ich mir die Augen ausbleichen müsste.

KAPITEL 17

Paige

Ich und Darrow kletterten in den letzten Schlitten und ließen uns auf dem gepolsterten Sitz nieder. Eines unserer beiden falschen Pferde schüttelte den Kopf und klapperte mit den Zügeln, und das andere gab ein Schnauben von sich.

„Erstaunlich", sagte ich völlig verzaubert.

Darrow deckte uns mit den kuschelig warmen Decken zu, schlang sie mir um den Hals und beugte sich vor, um mich auf die Nase zu küssen. „Warm genug?"

„Jep." Seit unserer Anspielung mit der Schokolade kochte es in mir. Würde er bald darauf reagieren?

„Wein?", fragte er und hob den Flachmann und die Becher hoch.

Ich nickte und er schenkte jedem von uns eine Tasse ein. Der berauschende Duft von Zimt und Nelken wehte durch die Luft und als ich einen Schluck nahm, glitten die Aromen über meine Zunge.

Der Schlitten fuhr vorwärts, die Beine der falschen

Pferde bewegten sich hin und her, als würden sie uns über den Rasen ziehen.

Ich schmiegte mich an Darrow und mein Herz raste, als seine Wärme mich einhüllte.

Die Pferde zogen uns über die Einfahrt in den schneebedeckten Wald und das Knirschen des knackigen weißen Pulvers unter den Kufen hallte in der stillen Nacht wider.

Eine dicke Schneedecke bedeckte alles um uns herum und schuf ein magisches Winterwunderland. An jedem Zweig hingen Eiszapfen, die im Licht der untergehenden Sonne schimmerten.

Als die Sonne verschwand und der Mond aufging, verdunkelte sich die Nacht. Die Sterne leuchteten hell und trugen zur Verzauberung der Szene bei. Wir saßen schweigend da, nippten an unserem Glühwein; eine angenehme Stille. Ich konnte unsere Verbindung spüren, die mit jedem Augenblick intensiver wurde.

Die Pferde brachten uns weiter in den Wald hinein. Monica begann leise vor uns zu singen und der Klang ihrer Stimme drang durch die Stille der Nacht. Darrow und ich stimmten ein, ich summte, während sein voller Bariton im Wald widerhallte.

Sein Arm legte sich um meine Schultern und als seine dicken Haarsträhnen über meinen Nacken strichen, lehnte ich mich an ihn. Es könnte keinen schöneren Moment geben. Als wir unsere Reise fortsetzten, wusste ich, dass ich mich an diese Nacht und das Gefühl, in seinen Armen zu liegen und von der Schönheit der Natur umgeben zu sein, immer erinnern würde, ganz gleich, was in unserer Zukunft geschehen würde.

Die Schlitten waren so weit voneinander entfernt, dass

wir niemanden sprechen hören konnten. Ich nehme an, dass sie dies taten, um die magische Erfahrung zu verstärken und uns das Gefühl zu geben, dass wir allein im Wald sind und niemand sonst in der Nähe ist.

Ich trank meinen Wein aus, seine Wärme durchdrang mich, ließ meine Haut pulsieren und meine Knochen schmelzen.

Ich lehnte mich in Darrows Umarmung, kuschelte mich an ihn und wärmte mich unter der Decke.

„Noch etwa dreißig Minuten", seufzte er. „Wie sollen wir uns die Zeit vertreiben?

Er sagte es in einem neutralen Ton, aber meine Gedanken gingen sofort in eine sexuellere Richtung. Singen machte Spaß, aber ich hatte das Gefühl, dass wir unsere Schlittenfahrt noch verbessern könnten.

„Willst du rummachen?", fragte ich. „Das haben wir vor langer Zeit bei der Breezewater Kirmes gemacht, als wir mit dem Riesenrad gefahren sind." Damals war ich noch eine Jungfrau im Teenageralter und wusste nicht, was das Flattern in meinem Bauch bedeutete.

„Ich möchte dich jede Sekunde des Tages küssen." Er drehte sich zu mir um und streichelte meine kühlen Wangen. Ich lehnte mich in seine warme Hand. „Du warst schon damals hübsch, aber du bist jetzt noch hübscher."

Vorfreude summte durch meine Adern. Ich konnte nicht aufhören, daran zu denken, ihm nahe zu sein.

„Es gibt nichts, was ich lieber täte, als dir alles vom Leib zu reißen, damit ich dich berühren und schmecken kann", sagte er mit heiserer Stimme. „Aber es ist furchtbar kalt draußen."

„Du wirst mich aufwärmen." Bis ich explodieren

würde. „Da hast du allerdings recht. Keiner von uns will derjenige sein, dessen Arsch im Wind hängt."

Sein leises Lachen ertönte. „Es gibt Möglichkeiten. Lass mich sehen, was ich für dich tun kann Süße." Er zog mich auf seinen Schoß, meine Beine spreizten sich auf beiden Seiten seiner Oberschenkel.

Schneeflocken fielen um uns herum und überzogen meinen silbernen Freund mit Zuckerguss. Sie bestäubten seine Schultern und landeten sogar auf seiner Nase.

Der Ruf einer Eule ertönte in der Stille, die nur bei Schneefall herrschte, als würden die Flocken alle Geräusche verstärken. Die blattlosen Äste knarrten und klapperten, als sie sich im Wind bewegten.

Wir waren allein in einem Winterwunderland und es gab niemanden, mit dem ich zusammen sein wollte, außer Darrow.

Er umfasste meinen Nacken mit einer warmen Hand und zog meinen Mund zu sich heran. Seine Lippen eroberten meine und Erinnerungen an unseren ersten und letzten Kuss schossen mir durch den Kopf. Wir dachten damals, wir wären so erwachsen, so fähig, mit allem fertig zu werden, was das Leben uns vor die Füße wirft.

Ich hasste es, dass wir so viel verpasst hatten, aber ich war dankbar, dass wir jung genug waren, um noch einmal zu genießen, was wir aufgebaut hatten.

Während seine Zunge über meine streichelte, glitten seine warmen Hände unter mein Shirt.

Die kühle Luft wich einer köstlichen Wärme, als seine Fingerspitzen meinen Bauch berührten. Ein Schauer der Freude durchfuhr mich und ich lehnte mich in seine Berührung.

Mein Atem ging schneller, als seine Finger an meinen Seiten auf und ab fuhren und jede empfindliche Stelle quälten. Ich wollte mehr, so viel mehr und er schien es zu wissen.

Meine Haut brannte unter seiner Berührung, mein Körper war lebendig und pulsierte. Ich sehnte mich nach diesem Moment mit einem Hunger, den ich seit unserem letzten Treffen nicht mehr verspürt hatte. Damals war unsere einfache Berührung unschuldig, wenn auch heiß. Wir wussten nicht, was wir hatten und was wir brauchten. Hätten wir diesen Punkt mit der Zeit erreicht?

Das dachte ich gerne.

Seine Finger glitten weg und wanderten zu meinem Rücken, um meinen BH zu öffnen. Er zog meinen Pullover hoch und die eisige Brise ließ meine Brustwarzen hart werden. Eigentlich sollte ich vor Kälte zittern, aber in mir loderte ein Inferno, das durch meine Adern strömte.

Ich zog meinen Mantel und meinen Pullover aus und ließ sie zusammen mit meiner Mütze, meinem Schal und meinen Handschuhen auf den Sitz neben ihm fallen.

Während er die Decke hinter mir hochzog und sie über meine Schultern legte, küsste er meinen Hals und kraulte meine frisch entblößte Haut. Seine Hände streichelten sanft jede Brust, während sein Mund hungrig an einer Brustwarze und dann an der anderen saugte und Lustwellen durch meinen Körper schickte.

Das Verlangen durchströmte mich und überhitzte mich, als er leckte und saugte. Seine Finger wanderten von meinen Brüsten über meinen warmen Rücken, bevor sie wieder nach vorne wanderten. Sie glitten an meinem Bauch entlang, bevor sie auf dem Knopf meiner Jeans zur Ruhe kamen. Ich stieß einen leisen Schrei des Verlangens in die Nacht aus, presste mich fest an ihn und drückte meinen Unterleib gegen die Ausbeulung in seiner Hose.

Ich betastete seinen Oberkörper, riss sein Hemd hoch und berührte mit meinen Handflächen seine silberne Haut.

Er drückte mich an sich und sorgte dafür, dass ich die harte Beule in seiner Hose genau dort spürte, wo ich sie am meisten wollte. Mit einem lustvollen Keuchen schaukelte ich gegen ihn und genoss das Gefühl, ihm nach all den Jahren der Trennung so nahe zu sein.

Sein Mund wanderte zu meinem und küsste mich intensiv, bis ich mich zitternd an seine Schultern klammerte. Er küsste sanft meine Kieferpartie, bevor er sich an eine meiner Brustwarzen schmiegte und hungrig daran saugte. Das exquisite Gefühl schickte Wellen der Erregung durch mich.

„Hose?", flüsterte er, die Finger am obersten Knopf.

Auf mein Nicken hin öffnete er den Verschluss und zog den Reißverschluss herunter. Ich rappelte mich auf, kämpfte mich aus der Hose heraus und warf sie zur Seite. Ich konnte nicht glauben, wie wollüstig ich mich verhielt, wie sehr ich mich nach ihm sehnte.

Mit einem Knurren zerrte er mich zurück auf seinen Schoß und spreizte mich weit um ihn herum.

„Du bist angezogen", rief ich und krallte mich frustriert an seinem Hemd und seiner Hose fest. „Ich brauche Haut."

„Bald Liebes. Jetzt geht es nur um dein Vergnügen." Er griff in seine Tasche und holte etwas heraus, aber in der Dunkelheit konnte ich nicht erkennen, was es war.

Während die Pferde mit ihren falschen Hufen auf dem schneebedeckten Boden vorwärts stapften und uns den

Waldweg entlangführten, streichelte Darrow meine Oberschenkel. Die Muster, die er schuf, wurden immer enger und näherten sich langsam meinem Inneren.

Er saugte an einer meiner Brustwarzen, gerade als sein Finger meine Klit erreichte. Etwas summte und vibrierte in meinem Inneren.

Ich stürzte mich auf ihn, ohne mich darum zu kümmern, was es war und ritt darauf herum, so wie ich mich danach sehnte, mich auf Darrow aufzuspießen und *ihn* zu reiten.

Während seine Zunge über meine Brust strich, summte sein Finger. Er ließ seine Hand tiefer gleiten, streichelte über meine Öffnung und tauchte wieder zurück, um meinen Klit zu reiben.

Völlig entblößt rekelte ich mich und schaukelte und versuchte, seine Finger in mich zu zwingen.

„Willst du das?", fragte er und tauchte seinen vibrierenden Finger nur so lange hinein, bis ich Lust auf mehr bekam. „Oder das?" Zwei Finger glitten bis in mein Innerstes, bevor sie sich wieder zurückzogen. „Schrei nach mir."

„Herrje die anderen werden es hören." Ich konnte nur eine Sekunde lang einen vernünftigen Gedanken fassen.

„Ich lenke dich nicht genug ab oder?"

Sein Blick blieb an meinem hängen und er pumpte mit gefühlten drei Fingern in mich hinein, trieb sie tief und zog sie wieder heraus, um an meiner Klit zu reiben.

Wir ließen uns auf eine schaukelnde Bewegung ein, ich drückte mich nach vorne, als er mich aufspießte, und ich drehte meine Hüften nach hinten, als er sich zurückzog. Jedes Mal fuhr er mit seinem vibrierenden Finger über meine Klit.

Ich klammerte mich an seine Schultern und stieß gegen ihn, nahm alles, was er zu geben hatte und bettelte um mehr.

Mein Körper zitterte. Verdammt, ich war kurz davor. Ich spürte, wie sich die Spannung zu einem lodernden Feuer tief in meinem Inneren aufbaute. Ich rutschte nahe an den Abgrund. Eine intensive Welle der Ekstase überschwemmte mich, und ich keuchte und drängte mich weiter. Ich steigerte mich immer weiter in Richtung des Gipfels - ich bettelte darum - und er würde wieder loslassen, bevor ich ihn erreichen konnte.

„Schrei", flüsterte Darrow in mein Ohr. „Komm in meiner Berührung. Ich will es fühlen. Es hören. Später werde ich deine Säfte auf meiner Zunge schmecken. Und dann werde ich dich hart gegen die Wand ficken. Danach werde ich dich ins Bett tragen und alles noch einmal machen, dich bis an deine Grenzen und darüber hinaustreiben, bis du an nichts und niemanden mehr denken kannst außer an mich."

Ich sollte sein besitzergreifendes Gerede verdrängen, aber mein Herz und meine Seele saugten es in sich auf, sehnten sich danach.

„Genieße jetzt das Vergnügen meiner Hand Liebes", sagte er und beugte sich vor, um an meiner Brustwarze zu saugen. Er ließ sie mit einem feuchten Schmatzen los und saugte gierig an der anderen. „Lass dich gehen."

Er streifte mit seinen Zähnen über meine Brustwarze, allerdings nicht so, dass es wehtat; ein Kribbeln schoss in mein Inneres. Ich wurde noch einmal zum Höhepunkt getrieben, zitterte und stöhnte, als ich auf seinen Fingern ritt. Ich streckte meine Brust seinem Mund entgegen.

Wie ein Damm, der nach einem heftigen Regen von einer Flut gebrochen wurde, gab ich nach, mein Körper bebte und mein Atem ging stoßweise. Der Rausch dieses Augenblicks durchströmte mich, ergriff mich. Ich war machtlos gegenüber einer solchen Intensität. Machtlos, als Darrow meinen Körper wie ein fein besaitetes Instrument spielte. Ich schrie auf, als es mich überkam, mich verzehrte, und die Empfindungen hielten an. Eine Welle nach der anderen durchströmte mich, ließ mich euphorisch und erschöpft zurück.

„Ja", zischte er in mein Ohr. „Genau so."

Ich sackte in seinen Armen zusammen und er hüllte mich in die Decke und seine Berührung ein. Er murmelte in mein Haar, aber ich war so in ihm versunken, dass ich kaum verstand, was er sagte.

Schließlich, nach gefühlten Stunden, entspannte sich mein Körper, als der Orgasmus abebbte. Seine Finger glitten aus mir heraus und er hielt seine Hand hoch.

„Ich glaube, ich genieße diesen Preis." Sein Grinsen glänzte vor Zufriedenheit, obwohl sein geschwollener Schwanz immer noch gegen die Vorderseite seiner Hose drückte. „Wer hätte gedacht, dass ein vibrierender Finger so viel Spaß machen kann wie Schokolade?"

KAPITEL 18

darrow

Als unser Schlitten wieder vor dem Schloss anhielt, half ich Paige beim Anziehen und stellte mir einen Kübel Eiswürfel vor, damit sich mein Schwanz beruhigte. Es brodelte immer noch, aber mein Schwanz konnte warten. Es war überaus befriedigend mitzuerleben, wie Paige erregt war.

Die anderen kletterten aus ihren Schlitten und als ich Trevor dabei erwischte, wie er Monica ins Schloss trug, gefolgt von Gunner mit Rylee, ahnte ich, dass wir nicht die Einzigen waren, die mehr davon hatten als nur eine Fahrt durch den Wald.

Elisa pirschte sich an Raze vorbei und erklärte mir, das einige von uns das nicht getan hätten. Würden sie mit Wut miteinander konkurrieren oder es in ein Spiel verwandeln, das sie beide gewinnen könnten? Es herrschte spürbare Spannung zwischen ihnen, also konnte es so oder so ausgehen.

Da ich im Herzen ein Romantiker bin, hoffte ich, dass sie einen Weg finden würden, dies in etwas Erstaunliches zu verwandeln.

An Paiges Hand gingen wir die Treppe hinauf und ins Innere des Schlosses, wo wir dem Personal unsere Winterkleidung übergaben, unsere Stiefel auszogen und sie auf Gummimatten stellten.

Ich fuhr mit meinen Fingern an ihrem Nacken entlang, sie erschauerte und schenkte mir ein schüchternes Lächeln.

„Ich werde ein Bad nehmen", sagte sie leise.

Ich beugte mich dicht vor und flüsterte ihr etwas ins Ohr. „Möchtest du Gesellschaft?"

„Ich glaube ja. Es scheint, als würdest du ständig Versprechungen machen, die du noch nicht erfüllt hast", erwiderte sie mit einem verschmitzten Lächeln. „Vielleicht ist es an der Zeit, dass du zahlst?"

„Geh", knurrte ich, tätschelte ihren Hintern und drängte sie zur Treppe. „Ich werde nicht weit hinter dir sein."

In mir kochte die Hitze. Es gab so viele Dinge, die ich mit ihrem köstlichen Körper tun wollte. Wo sollte ich anfangen?

Sie stieg die Treppe hinauf und hielt auf dem Treppenabsatz inne, um mir in die Augen zu schauen. Als sie aus meinem Blickfeld verschwunden war, eilte ich in die Stube. Dort entdeckte ich die Flasche mit der Schokoladensoße, die immer noch auf dem Tablett stand. Ich schnappte sie mir und steckte sie in mein Hemd.

„Ah da sind Sie ja", rief einer der Bediensteten und betrat den Raum mit einem kleinen Tablett, auf dem sich eine silberne Schale, eine Flasche und ein Schnapsglas befanden. „Ich habe die Prinzessin gesucht. Die Köchin lässt grüßen und hofft, dass diese kleine Gabe sie glücklich machen wird." Sie betrachtete die Beule in meinem Hemd mit einem Stirnrunzeln, bevor sie den Kopf schüttelte. „Soll ich es ihr hochbringen?"

Und Paige in der Badewanne liegend erwischen? Nein, das war etwas, das ich vorhatte zu tun.

„Darf ich?", erwiderte ich und nahm ihr das Tablett aus ihren widerspenstigen Fingern. „Die Prinzessin sagte mir, sie wolle sich ausruhen. Ich glaube nicht, dass sie es begrüßen wird, wenn jemand sie stört. Aber ich werde ihr das hier bringen und herausfinden, ob sie sich vor dem Schlafengehen über diese herzliche Gabe freut."

„Nun gut Sir", erwiderte die Frau, doch ihr Stirnrunzeln blieb. „Ich hatte gehofft, ihr das selbst überbringen zu dürfen."

„Ich werde es ihr sagen ... Wie heißt du?"

„Oh, ich heiße Betty." Sie machte einen Knicks. „Betty Partridge."

„Ich werde ihr mitteilen, dass es von dir kommt Betty."

Bettys Gesicht rötete sich. „Und der Chefköchin."

„Ja natürlich. Von dir Betty und der Köchin."

„Danke." Sie beugte sich noch einmal vor und knickste, bevor sie sich umdrehte und aus dem Zimmer eilte.

Ich lugte unter die silberne Abdeckung und grinste über die große Schale mit Eis. Ha. Und sie hatten einen feinen Kaffeelikör zum Nippen dabei.

Ich würde es sofort ausliefern. Wir konnten doch nicht das ganze Eis schmelzen lassen oder? Es sei denn, es schmilzt, während es an ihrem Körper heruntergleitet.

Mit flottem Schritt verließ ich die Stube und ging die Treppe hinauf. Ich hielt nicht an, bis ich ihr Zimmer erreicht hatte. Hatte ich ihr genug Zeit gegeben, sich fertigzumachen? Oder würde sie angezogen dastehen und mir sagen, ich solle mich verziehen, wenn ich an ihre Tür klopfe?

Es gefiel mir nicht, dass die Zweifel, die mich so lange geplagt hatten, nun wieder in meinem Herzen auftauchten. Sie hatte es sich nicht ausgesucht, mich zu verlassen; sie wurde entführt. Belogen. Ihr wurde die Chance verweigert, eine eigene Entscheidung zu treffen. Aber es war schwer, Gefühle zu rationalisieren.

Als ich vor ihrer Tür stand, war ich fast versucht, mich umzudrehen und in die andere Richtung zu gehen.

Da wurde mir klar, was ich mir da antat. Ihre Eltern lehnten mich ab, kamen zu mir nach Hause und starrten entsetzt auf das, was ich tat. Monatelang hatte ich keine Ahnung, wie ich die Veränderungen in meinem Körper kontrollieren sollte. Selbst jetzt konnte ich manchmal kaum den Drang kontrollieren, der in mir brodelte.

Aber ich hatte hart daran gearbeitet, alte Texte zu studieren und online in privaten Monsterforen zu lesen. Endlich war ich an einem Punkt, an dem ich den Fluch fast in einen Segen verwandeln konnte.

Nur mein Dad, der arme Kerl, der letztes Jahr bei einem Unfall starb, hatte von Anfang an an meine Güte geglaubt. Ohne ihn wäre ich verloren gewesen, denn ich hatte bereits Paige verloren.

Ich war nicht mehr dieser Darrow. Ich war Paige wieder ebenbürtig.

Und ich liebte sie, hatte sie immer geliebt und würde sie bis zu meinem Todestag lieben.

Trotz meiner aufgewühlten Gefühle, die mein Selbstvertrauen in den Keller stürzen ließen, stellte ich das Tablett auf einen Tisch in der Nähe, richtete meine Kleidung und klopfte an die Tür, wobei ich ihren Namen murmelte.

Bei meiner Berührung knarrte sie auf.

Als ich nach dem Tablett griff, rief sie von drinnen.

„Komm rein Darrow. Das Wasser fühlt sich toll an."

KAPITEL 19

paige

Ich lehnte meinen Kopf gegen den Rand der riesigen Klauenwanne, die vor einem großen Fenster mit Blick auf die Wintermärchenlandschaft hinter dem Schloss stand. Warmes Wasser umspülte mich und beruhigte meine Knochen.

Die Welt da draußen existierte kaum.

Ich sehnte mich immer noch nach Darrow. Der feurige Orgasmus, den er mir im Schlitten verpasst hatte, hatte einen Hunger in mir geweckt, den nur er stillen konnte.

Als ich das Zimmer erreichte, füllte ich die Wanne so schnell, wie das heiße Wasser aus dem Hahn sprudelte. Ich machte mir Sorgen, dass ich die Szenerie nicht fertigstellen würde, bevor er ankam.

Ich zog die Decken von meinem großen Bett herunter und drapierte sie kunstvoll, dann holte ich eine Blume aus einer Vase in der Nähe, wischte das Wasser ab und legte sie auf ein Kissen. Im Schrank fand ich Kerzen, die ich strategisch im Zimmer verteilte und anzündete.

Zufrieden mit meiner Kreation zog ich mich aus und

trug nur das flauschige weiße Gewand, das mir das Schloss zur Verfügung gestellt hatte.

Vorfreude schoss durch meine Adern. Eine Berührung, und er würde mich noch einmal in Flammen versetzen. Diesmal würde ich diejenige sein, die Forderungen stellt. Ich würde ihm die Kleidung vom Leib reißen und ihm zeigen ... Nun, ich war mir nicht sicher, was. Ich hatte noch nie jemanden so begehrt.

Als das Wasser in der Wanne aufstieg, fügte ich ein Schaumbad hinzu und genoss den blumigen Pinienduft, der durch die Luft schwebte.

Die Blasen dampften und wippten im schwachen Licht und glitzerten wie Ölflecken. Ich lächelte, als ich mich daran erinnerte, dass er erwähnt hatte, mir den Rücken zu waschen. Ein kurzer Blick verriet, dass der Schwamm auf einem Stuhl neben der Tür lag. Ich eilte herbei, schnappte ihn und legte ihn kunstvoll auf einen niedrigen Tisch neben der Wanne.

„Okay Darrow. Wann immer du willst.", flüsterte ich.

Er kam nicht, aber ich hielt an meiner Zuversicht fest. Ich mag im Wald vorübergehend befriedigt worden sein, aber er hatte einen riesigen Ständer gehabt, bis wir zum Schloss zurückkehrten. Ich stellte mir vor, dass er nur noch langsam laufen konnte.

Vielleicht sollte ich in die Wanne steigen?

Ich warf den Bademantel zur Seite - nein, ich drapierte ihn vorsichtig über einen Stuhl in der Nähe der Wanne -, stellte das Wasser ab und stieg in das herrliche Wasser.

Ich lehnte mich zurück und erkannte, dass er leicht ans andere Ende passen würde. Ich stellte mir vor, wie sich seine Beine um meine schmiegten.

Als er klopfte, blieb mir der Atem im Hals stecken. Er rief und die Tür öffnete sich knarrend.

Ich schloss die Augen und bat ihn herein.

Auf das leise Geräusch seiner Schritte folgte ein Klicken, als er die Tür schloss und verriegelte.

Wir waren allein an einem Tag, von dem ich hoffte, dass er der erste Tag für den Rest unseres Lebens sein würde.

Ich riss die Augen auf.

Die Kerzen flackerten in ihren Halterungen und trugen zu der dunstigen, traumähnlichen Atmosphäre bei. Die Wände warfen flackernde Schatten, die sie wie Gespenster tanzen ließen. Der Duft der Kerzen war beruhigend und sinnlich, aber gleichzeitig erinnerte er mich daran, dass das Leben vergänglich ist. Man musste sich an dem festhalten, was einem geboten wurde oder es konnte einem gestohlen werden.

Sieh nur, was mit ihm passiert ist, gestohlen von einem Unhold, der ihn verletzt hat. Es machte mich fertig, wenn ich daran dachte, wie viel Angst er gehabt haben musste. Ich war mir nicht sicher, ob er jemals über diese Zeit sprechen wollte und ich wollte ihn nicht drängen. Wenn er das Bedürfnis hatte zu reden, würde er es tun. Ich hatte das Gefühl, dass er es verdrängt und weitergemacht hatte, was für ihn der gesündeste Weg sein könnte, damit umzugehen.

„Soll ich dich baden Prinzessin?", fragte er mit heiserer Stimme. Ohne auf meine Antwort zu warten, beugte er sich hinter mich, nahm den Schwamm und tauchte ihn ins Wasser. Er schäumte die Spitze ein. „Lehn dich vor."

Ich zitterte leicht, als er mit dem Schwamm langsam über meine Schultern strich, die Seifenlauge auf meiner Haut verteilte und zu meinem Po hinunterfuhr. Mit einem

Grunzen warf er den Schwamm beiseite und ersetzte ihn durch seine festen, aber sanften Hände. Ich schloss meine Augen und schmolz unter seiner Berührung dahin.

Seine Hände bewegten sich in kreisenden Bewegungen gegen meine Muskeln, jede Anspannung löste sich aus meinem Körper und machte mich weich wie Butter. Mein Herz klopfte laut in meinen Ohren und ich konnte spüren, wie sehr ich mich nach ihm sehnte.

Als ob er spürte, was ich fühlte, beugte er sich vor und strich mir die Haare aus dem Nacken, bevor er meinen feuchten Nacken und meine Schultern küsste.

Mein Atem blieb mir im Hals stecken, als seine Lippen weiter nach unten wanderten und über meinen Oberarm strichen. Er hob meinen Arm aus dem Wasser und küsste mich bis zu meinen Fingern. Er ließ seine Lippen wieder zu meiner Schulter hinaufgleiten und widmete meinem anderen Arm die gleiche Aufmerksamkeit. Meine Glieder verflüssigten sich und ich verfiel in diesem Moment der reinen Glückseligkeit.

Er massierte langsam meine Arme und achtete dabei genau auf jede Falte und jede Biegung. Seine Berührung war so sanft, dass ich spüren konnte, wie sein Herz durch seine Fingerspitzen im Einklang mit meinem eigenen schlug.

Ich drehte mich zu ihm um, er hielt inne und begegnete meinem Blick mit einer Zärtlichkeit, die mir die letzten Zweifel raubte. Mit seinen Händen, die noch immer von der Seifenlauge tropften, beugte er sich vor und berührte leicht meine Stirn, bevor er mit den Fingerspitzen über meine Wangen und hinunter zur Wölbung meines Kinns fuhr.

Dann küsste er mich; ein Kuss, der so gefühlvoll war,

dass er mein Herz zum Singen brachte. Ich vergaß fast, wo wir waren. Ich schloss die Augen und konzentrierte mich nur noch auf das Gefühl, wie sich sein Mund auf meinen presste, wie seine Zunge mit einer Zärtlichkeit über meine Lippen strich, die mir Tränen in die Augen trieb. Seine feuchten Hände hielten mein Gesicht, während unsere Münder in perfekter Harmonie zusammenarbeiteten. Das Gefühl elektrisierte mich, ich fühlte mich lebendig wie nie zuvor.

Er lehnte sich zurück, grinste und schüttelte den Finger in meine Richtung. „Das ist noch nicht alles. Ich habe deinen Körper noch nicht fertig gewaschen."

Ein Strom durchflutete mich, schoss durch meine Finger und Zehen und kreiste in meinem Inneren, wo ich mich nach seiner Berührung sehnte.

Er schlich sich hinter mich.

„Lehn dich wieder zurück", sagte er und half mir, mich an der Wannenwand zu entspannen. Er nahm ein Tuch und strich damit sanft über meine Brüste, bis sich an meinen Brustwarzen rosige, schmerzende Knospen gebildet hatten.

„Du entflammst mich Darrow", flüsterte ich.

„Weißt du, was das mit mir macht?"

Ich schaute an ihm herunter und bemerkte die große Ausbeulung in seiner Hose. Das Wasser war auf den Stoff gespritzt und klebte an seinem Schwanz, sodass seine Länge und Dicke deutlich zu sehen waren.

Der Gedanke, dass er ihn in mich einführen und meinen Körper reiten würde, bis wir beide auseinanderfielen, machte mich ganz wild.

Nachdem er das Tuch wieder eingeschäumt hatte,

beugte er sich über meine Schulter und konzentrierte sich auf meinen Bauch, wobei er verschlungene Kreise auf meiner Haut zog und das Tuch ins Wasser und zwischen meine Beine tauchte. Ich keuchte vor Vergnügen, als er mich sanft streichelte und meinen Klit rieb, bevor er den Stoff über meine Öffnung gleiten ließ. Seine Hände ließen nicht locker, während er jeden empfindlichen Zentimeter meiner Haut erforschte und sich Zeit nahm, jede Kurve und jede Spalte einzuprägen, bevor er weiterfuhr.

Er ließ mich zappeln und ging zum Fuß der Wanne, wo er das Tuch wieder einseifte und mit meinen Füßen begann, indem er erst den einen, dann den anderen aus dem Wasser hob und sie sanft wusch. Meine Waden bekamen die gleiche Aufmerksamkeit. Meine Oberschenkel. Als er den Lappen zwischen sie schob, stupste er gegen meine Klit und hielt meine Flamme hell am Brennen.

Seine Berührungen waren zärtlich und leidenschaftlich zugleich, ließen mich erzittern und ich fragte mich, was er wohl als Nächstes tun würde.

Ein Strom durchfuhr mich, der sich mit jeder Berührung seiner Hand verstärkte. Es schien, als wüsste er genau, welchen Druck er ausüben musste, um mir den maximalen Genuss zu entlocken. Ich schmolz gegen die Rückenlehne der Wanne, während er seine Magie ausübte, und verdrängte alle Gedanken aus meinem Kopf, außer die an ihn.

Er ließ das Tuch mit einem nassen Platschen fallen, richtete sich auf und zerrte sein Sweatshirt über den Kopf. Er warf es beiseite, riss sich das T-Shirt vom Leib und enthüllte wogende Reihen silberner Muskeln. Seine Brustmuskeln waren zum Sterben schön, ebenso wie seine Schultern, die sich zu einer schmalen Taille verjüngten, die von seiner tiefsitzenden Jeans umschlossen wurde.

Mit seinem Blick auf mich gerichtet, öffnete er den oberen Verschluss und zog dann langsam den Reißverschluss herunter.

Nachdem er seine Schuhe abgestreift hatte, zog er seine Hose herunter, schob sie zur Seite und richtete sich auf.

Sein Schwanz war so silbern wie der Rest von ihm und so perfekt geformt, als wären die alten Götter auf die Erde herabgestiegen und hätten ihn aus dem seltensten Stahl gefertigt.

Ich leckte mir über die Lippen und er stöhnte auf. Sein Schwanz wogte gegen seine Bauchmuskeln, lang und dick und mit Perlen von der Größe meines Fingernagels bedeckt. Sie schimmerten, vibrierten.

Die Eichel war dicker als der Rest, und egal, wie sehr ich davon träumte, wie es sich anfühlen würde, ich spürte, dass es viel besser sein würde.

Er stieg in die Wanne, ließ sich mir gegenüber nieder und schob seine Füße neben meine Oberschenkel.

Er beugte sich vor und küsste mich erneut; ich saugte das Wunder seines Mundes in mich auf.

Seine Hände glitten zu meinem Hals hinauf und meine Arme hinunter, bis sich seine Finger in meinen verhedderten. Er zog mich näher zu sich, unsere Oberkörper berührten sich, als er unsere Münder fester und mit wachsender Dringlichkeit zusammenbrachte. Seine weichen Lippen lockten meine auseinander, sodass ich die Wärme seiner Zunge auf meiner eigenen spüren konnte.

Er löste sich wieder von mir und diesmal beobachtete er mich, während seine Hände tiefer über meinen Rücken wanderten, über jede Kurve strichen, bevor sie Kreise um meine Seiten und hinauf zu meinen Brüsten zogen. Er massierte sie leicht und nahm sich die Zeit, jeden Teil von mir in einen Zustand der völligen Erregung zu versetzen.

Als er sich vorwärtsbewegte, um eine Brustwarze zwischen seine Lippen zu nehmen, keuchte ich auf. Er umkreiste sie sanft mit seiner Zunge und saugte an ihr, bis sie straff war und in Erwartung pochte.

Dann machte er das Gleiche mit der anderen Brustwarze, bevor er mich wieder küsste und mich auf seinen Schoß zog, sodass ich mit gespreizten Beinen auf ihm saß. Diesmal spürte ich mehr als nur seinen Mund; ich spürte ihn ganz, als er seine Länge gegen mich presste.

Seine Hände fuhren weiter nach Süden, strichen über die Wölbung meines Bauches, bevor sie zwischen meine Beine wanderten. Ich stöhnte auf, als seine Finger in mich eindrangen und Wellen durch mich schickten, die nichts mit dem warmen Wasser zu tun hatten, in dem wir badeten. Er erforschte mich weiter, fand meine Klit und all die süßen Stellen, von denen ich nicht wusste, dass es sie gab. Mit jedem Streicheln seiner Finger trieb er mich weiter, bis ich das Gefühl hatte, vor Vorfreude fast zu platzen.

Er fegte alles von dem Tisch, der an einer Seite der Wanne stand. Er hob mich aus dem Wasser, ließ mich auf die Oberfläche sinken und legte mich auf den Rücken. Als ich meinen Kopf über den Rand neigte, konnte ich durch das Fenster den Schnee fallen sehen.

Er spreizte meine Beine, hob meine Schenkel auf seine Schultern und senkte seinen Kopf. Als er an meiner Klit saugte, stieß ich ein leises Keuchen aus.

Er wirbelte mit seiner Zunge um das harte, empfindliche Organ und ich stöhnte lauter auf. Er liebkoste meinen Eingang mit leichten Lecken, bevor er seine Zunge tief in mich eintauchte. Ich wölbte meinen Rücken, als die Lust mich durchströmte und mein Rückgrat bis zu meinen Fingern hinunter kribbelte.

Er bewegte sich schneller und fuhr mit seiner Zunge in mich hinein, während er mein Klit massierte. Ich war eine Knospe, die sich zum ersten Mal dem Sonnenlicht öffnete. Eine Rakete, die durch das Universum schoss. Meine Hüften stemmten sich gegen ihn und ich hielt seinen Kopf mit meinen Beinen fest, während er den Druck und den Winkel seines Mundes veränderte. Jeder Stoß brachte mich der Glückseligkeit näher, bis ich es nicht mehr aushalten konnte.

Stöhnend griff ich nach seinen dicken Haarsträhnen; die weichen Spitzen schlangen sich um meine Handgelenke und hielten mich fest. Andere streichelten meinen Bauch und meine Oberschenkel.

Sein leises Glucksen vibrierte in meinen Knochen und trieb mich in die Höhe.

Als er sich zurückzog, wimmerte ich. Aber er ließ seine Finger in mich eindringen und ich fing wieder an, etwas zu suchen, das ich noch nie zuvor gefühlt hatte und von dem ich annahm, dass ich es nur bei ihm finden würde.

Er hörte auf zu pumpen und ließ seine Finger über meine Klit gleiten, wieder und wieder. Ich bekam keine Luft mehr. Der Hunger brüllte in mir und schoss mich in unbekannte Gefilde der Lust. Als seine Finger wieder in mich eindrangen, strich seine Zunge in scheinbar endlosen Kreisen über meinen Klit, brachte mich nie ganz dahin, wo ich sein wollte, und ließ mich dennoch nach mehr keuchen.

Ich krümmte mich unter ihm, während die Lust so intensiv durch mich pulsierte, dass ich dachte, ich könnte jeden Moment auseinanderfliegen. Aber er machte weiter - seine Zunge und seine Lippen wichen nicht von mir, bis mein ganzer Körper als Reaktion auf seine Berührung bebte.

Als mein Orgasmus über mich hereinbrach, durchfuhr er mich wie ein Windstoß, der alles niederwarf, was ihm im Weg stand.

Ich klammerte mich an seinen Haaren fest und ein Stöhnen entrang sich meiner Kehle, als ich zusammenbrach und ans Ufer gespült wurde.

KAPITEL 20

darrow

Ich leckte jeden Tropfen ihrer Essenz auf, genoss den Geschmack, bevor ich mich zurücklehnte und zu ihr aufblickte. „Das werde ich jeden Tag für den Rest meines Lebens tun."

Ihr Lachen brach aus, schwindelerregend. „Ich bin total fertig. Ich glaube, ich kann nicht mehr laufen, wenn du das noch einmal machst."

„Ich werde dich überall hintragen."

„Das würde süß aussehen."

„Sie werden wissen, dass du geliebt wirst und neidisch sein."

Sie grinste, setzte sich auf und streichelte mein Gesicht. „Du bist eine wunderbare Überraschung nach der anderen."

Ein albernes, wildes Gefühl erfüllte mich. Ich wollte ihm freien Lauf lassen. „Zeit dich nach unten ..."

Jemand klopfte an die Tür.

„Entschuldigung", rief eine weibliche Stimme. „Prinzessin? Sind Sie da drin?"

„Ja", erwiderte Paige und ihre Worte sprudelten nur so vor Lachen. Sie rutschte ins Wasser, kletterte aber wieder heraus und wickelte den Bademantel um ihren köstlichen Körper, der sie traurigerweise zudeckte. Sie schlich zur Tür und riss sie auf.

Ich sank in die Wanne. Es gab keinen Grund, mich zu verstecken, aber ich sorgte mich um ihren Ruf. Ich würde nicht preisgeben, dass wir zusammen waren, es sei denn, sie wollte es so.

„Oh Prinzessin", schwärmte die Frau. Ich schwöre, ich konnte sehen, wie sie einen tiefen Knicks machte. „Die anderen haben mich gebeten, Ihnen mitzuteilen, dass sie draußen ein Feuerwerk abbrennen werden. Sie würden sich freuen, wenn Sie sich ihnen anschließen würden. Sie und der Herr Darrow, obwohl ich ihn noch nicht ausfindig machen konnte."

„Ah", sagte Paige. „Ich glaube, er hat einen Spaziergang gemacht. Ich schreibe ihm eine SMS und lasse ihn wissen, was los ist."

„Ja bitte sehr, Eure Hoheit. Lady Monica ist ganz aufgeregt."

Paige schloss die Tür, drehte sich um und schaute in meine Richtung. „Also willst du dir ein Feuerwerk ansehen oder wollen wir hier unser eigenes machen?"

KAPITEL 21

paige

„Beides", erwiderte er.

Hatte meine Sehnsucht, mit ihm an der frischen Luft zu stehen, sich einzumummeln und ein Feuerwerk zu beobachten, in meinem Tonfall durchgeschlagen?

„Lass uns zu den anderen gehen", schmunzelte er. Er stieg aus der Wanne und wickelte sich ein Handtuch um die Taille. Er schlenderte zu mir hinüber und strich mir sanft das feuchte Haar von den Schultern. „Und dann kommen wir hierher zurück und beenden, was wir angefangen haben. Ein Feuerwerk die ganze Nacht lang."

„Das ist ein Versprechen." Meine Stimme klang atemlos. Mit ihm zusammen zu sein war alles, was zählte, aber das Wochenende würde bald vorbei sein. Vielleicht sollte ich das Feuerwerk sausen lassen und doch hierbleiben.

„Ich lebe um dir Vergnügen zu bereiten", seufzte er.

„Du hast mir mehr Freude bereitet, als ich mir je vorstellen konnte." Mein Blick wurde von seinem Schwanz angezogen, der unter dem Handtuch immer noch erigiert war. „Aber es sieht so aus, als ob du große

Opfer bringen müsstest. Lass uns einfach hierbleiben und-"

Ein weiteres Klopfen ertönte an der Tür.

„Beeilt euch da drin", rief Rylee. „Ihr verpasst noch das Feuerwerk!" Ihr Lachen hallte auf dem Flur wider. „Wenn du nicht rauskommst, wecken wir dich auf."

Ich war bereits wach, vielen Dank.

„Okay", erwiderte ich.

Das Geräusch ihrer Schritte entfernte sich auf dem Flur.

Darrow küsste mich, ein tiefer, berauschender Kuss voller Verlangen und Leidenschaft, bevor er den Kopf hob. „Vergiss diesen Gedanken nicht, denn ich werde dich auf ihn zurückbringen."

Ich nickte unfähig, Worte zu formulieren.

Wir zogen uns schnell an und gingen die Treppe hinunter. Alle waren schon draußen und wir setzten uns zu ihnen auf die Sofas, die das Personal nach draußen gebracht hatte.

„Bitte sehr Prinzessin", sagte einer der Angestellten und legte eine Wärmedecke über mich und Darrow.

Ein anderer Mitarbeiter kam mit heißem Apfelwein vorbei.

„Ich kann es kaum erwarten", rief Monica und ihre Augen leuchteten so hell wie das bevorstehende Feuerwerk. Sie schmiegte sich in Trevors Arme und starrte in den Himmel.

Pulverschnee wirbelte durch die Luft und landete auf den Steinmauern und im Hof, wo er eine unberührte Winterdecke bildete. Die Stille der Nacht war so intensiv, dass sie die wunderschöne Stille um uns herum noch verstärkte. Wie von unsichtbarer Hand liebevoll gezeichnet, hatte sich die Gegend in ein zauberhaftes Wintermärchen verwandelt.

Ich sog die kühle, frische Luft ein, die so kühl war, dass mir die Lungen schmerzten.

Darrow legte seinen Arm um meine Schultern; seine andere Hand streichelte meinen Oberschenkel und ließ die Hitze in mir brodeln. Er knabberte an meinem Hals. „Du riechst fantastisch, nach Lust und Liebe und allem Wunderbaren auf dieser Welt."

Er hat mir mit seinen Worten wirklich das Herz gebrochen, aber mit jedem Kuss hat er mich wieder zusammengefügt.

Die Sterne funkelten schwach am Himmel und der schattenhafte Mond warf einen sanften Schein auf die Landschaft. Um uns herum waren die Bäume mit kleinen weißen Lichterketten geschmückt und der Schnee funkelte im Licht der Laternen, die sich in der leichten Brise wiegten.

Ein lauter Knall ertönte. Ich schnappte nach Luft, als eine Funkenfontäne den Himmel vor uns erleuchtete, gefolgt von einem wunderschönen Farbspiel. Raketen in Rot, Blau, Grün und Gelb erfüllten die Nacht. Sie schienen bis zu den Sternen zu reichen.

„Großartig", staunte Darrow. Er nahm meine Hand und hielt sie fest.

„Ah", rief Monica während einer Pause. „Es ist so schön. Danke Trevor, mein großartiger, erstaunlicher Ehemann. Danke Elisa und Raze, dass ihr dieses Wochenende so besonders gemacht habt. Und danke meine Freunde, dass ihr diese wunderbare Zeit mit uns geteilt habt."

„Es ist so schön", erwiderte Rylee und kuschelte sich an Gunners Seite. Sein Arm legte sich um sie und er hielt die Decke bis zu ihrem Kinn, um sie warmzuhalten.

„Ich bin so froh, dass ich hier sein kann", erklärte Elisa und Raze' tiefe Stimme hallte in ihren Worten wider. Sie saßen Seite an Seite und doch getrennt. Hatten sie Fortschritte gemacht, um eine gemeinsame Basis zu finden?

Wieder erfüllten mehrere Zischlaute die Nacht und wir keuchten, als die Raketen in den Himmel schossen und zu unserem Vergnügen explodierten. Das Spektakel zog mich in seinen Bann; meine Augen weiteten sich, als neue Farbexplosionen den Himmel erhellten. Wenn ich doch nur jede Einzelne davon in meiner Hand halten könnte, ein buntes Glühwürmchen, das ich für immer behalten könnte.

Die Show war zu Ende, aber wir blieben an Ort und Stelle, grinsten uns an und teilten diesen perfekten Moment. Der Schnee begann wieder in sanften, glitzernden Flocken zu fallen, die auf dem Boden und den Bäumen glitzerten.

„Es ist vorbei", seufzte Monica. „So schön. Ich glaube nicht, dass mein Flitterwochenende noch vollkommener sein könnte."

„Ach nein?", fragte Trevor mit einem zufriedenen Knurren. Er stand auf, nahm sie in die Arme und drückte sie fest an sich, während er die Decke um sie wickelte. Er schritt auf den Eingang zu und das Personal öffnete die Eingangstür. „Ich denke, ich sollte dir zeigen, wie dieses Wochenende besser werden kann."

„So romantisch", schmunzelte Rylee mit wehmütiger Stimme.

Gunner, der sich ein Beispiel an seinem Cousin nahm, hob sie hoch und schritt ins Schloss.

Bevor ich mit Darrow darüber scherzen konnte, die Stärke seiner Arme zu testen, hob er mich ebenfalls hoch und drehte mich herum. Er hielt inne und küsste mich, seine Lippen kühl vom Schnee, sein Mund warm von unserer wachsenden Hitze.

Er schritt durch die Eingangstür und ich warf einen Blick über die Schulter auf Elisa und Raze.

Er starrte auf seine auf dem Schoß gefalteten Hände, dann sah er sie verstohlen an. Er trug seine Brille nicht. Kontaktlinsen? Verdammt, er hatte unglaublich lange Wimpern und schöne grüne Augen.

Mit ihrem sehnsuchtsvollen Blick schien Elisa seine Aufmerksamkeit nicht zu bemerken.

Sie schienen nette Leute zu sein und vielleicht war ich zu romantisch, aber ich wollte, dass sich alle so fühlten wie ich, als ich in Darrows Armen lag.

Als ob das Leben nicht noch besser werden könnte.

KAPITEL 22

darrow

Paiges Finger kitzelten meinen Nacken, als wir die Treppe hinaufstiegen.

Ich trug sie einfach, aber mein Herz brannte. Endlich nach all den Jahren und verlorenen Träumen, würden wir zusammen sein. Was wir bisher getan hatten, würde im Vergleich zu dem, was wir jetzt tun würden, verblassen.

Wir blieben vor ihrer Tür stehen und sie schenkte mir ein schüchternes Lächeln. Als wir gegangen waren, um das Feuerwerk zu sehen, waren unsere Körper noch glühend heiß.

„Nimm mich mit rein Darrow", seufzte sie leise und der berauschende Glanz in ihren Augen sagte mir, dass sie mich wollte.

Was hatte ich getan, um eine solche Perfektion zu verdienen?

Ich nickte und betrat ihr Zimmer.

Jemand war gekommen, als wir weg waren und hatte die Wanne geleert, aber die Kerzen brennen lassen und das Tablett wieder aufgefüllt. Das Eis war schon lange geschmolzen, aber stattdessen gab es Erdbeeren mit Schokoladenüberzug.

Ich ließ Paige auf die Füße sinken. Sie schlenderte zum Tablett, während ich die Tür schloss und verriegelte, und kam dann mit einer Beere zurück, die sie mir reichte.

„Ich schmecke Schokolade", sagte sie mit berauschender Stimme.

„Es schmeckt wunderbar, aber nicht so gut wie du Liebes." Hatte sie etwas dagegen, dass ich sie so nannte? Dem breiten Lächeln nach zu urteilen, würde ich sagen, nein.

Paige legte ihre Arme um mich und kuschelte sich an meine Brust.

„Ich will dich." Die Emotionen füllten meine Stimme und ließen sie heiserer klingen, als mir lieb war. Meine dicken Haarsträhnen, die anfangs so erschreckend waren, aber jetzt willkommen, weil sie ein Teil von mir waren, kringelten sich und streichelten ihre Wange.

Sie trat einen Schritt zurück und zog mit einem eifrigen Grinsen ihren Pullover aus. Ihr Shirt. Sie schlüpfte aus ihrer Hose und ihrer Unterwäsche. Sie richtete sich auf und sah mich an.

Hitze kroch durch meine Knochen und versengte mich, wo immer sie mich berührte.

Ich riss mir die Kleidung vom Leib, ohne Rücksicht darauf, dass sie zerrissen wurde.

Der Raum war still, als meine Augen ihren Körper abtasteten. Ich liebte die üppigen Kurven ihrer Hüften, ihren Hintern und ihre großzügigen Brüste. Sie war mein schöner Engel und ich wollte sie verschlingen. Ich wollte ihr auf jede erdenkliche Weise ein gutes Gefühl geben. Ich wollte ihr Vergnügen bereiten, wie sie es noch nie erlebt hatte. Mein Herz klopfte vor Erwartung und dem Wunsch, sie glücklich zu machen.

Ohne ein Wort zu sagen, streckte ich die Hand aus und berührte ihre Wange. Ich umfasste sie mit meiner Handfläche und streichelte ihre Haut mit meinem Daumen, um ihre Wärme zu spüren. Mein Schwanz wurde steif, als ich ihr weiter in die Augen sah und immer tiefer in ihren Blick versank.

Meine andere Hand wanderte langsam zu ihrem Nacken. Ich zog sie näher an mich heran, ließ meine Finger über ihren Körper gleiten, fühlte ihre Rundungen und Vertiefungen, wollte nichts mehr, als ihren ganzen Körper zu spüren. Sie beobachtete mein Gesicht, ihre Finger streichelten meine Brust und wanderten hinunter zu meinem Schwanz.

Sie zitterte, als meine Finger sie sanft streichelten.

Ich beugte mich vor und presste meine Lippen auf ihre, spürte, wie sie sich teilten und mich einluden. Sie strich mit ihren Händen über meinen Schwanz und entflammte mich.

Ich küsste ihren Kiefer und ihre Brust, hielt inne und saugte an jeder ihrer Brustwarzen. Sie drückte ihre Brust nach vorne, ihr Kopf fiel zurück und ihr Stöhnen hallte um uns herum.

Ich berührte ihre Brustwarzen mit meiner Zunge und ihr Stöhnen wurde lauter.

Meine Finger wanderten an ihrem Körper hinunter und ich schob sie sanft zwischen ihre Beine.

Sie spreizte ihre Schenkel und zitterte, als ich ihre Klit streichelte und meine Finger in sie hineinschob.

Mein Schwanz war eine Stahlstange, die gegen meine Bauchmuskeln schlug. Ich konnte nicht viel länger warten.

Mit einem berauschenden Stöhnen wölbte sie sich mir entgegen. Ich küsste meinen Weg über ihren runden Bauch und spreizte ihre Beine. Als ich sie leckte und meine Aufmerksamkeit auf ihre Klit richtete, wimmerte sie. Ihre Finger umklammerten mein Haar, das sich um ihre Handgelenke schlängelte.

Ich stieß mit meiner Zunge und meinen Fingern in sie hinein und sie drängte sich mir entgegen und hielt mein Haar fest.

Als ihr Keuchen heftiger wurde, stand ich auf, hob sie hoch und drückte sie gegen die Wand. Ihre Schenkel schlossen sich um mich, während ich meinen Schwanz auf ihr Innerstes richtete.

Ein Stoß und ich spießte mich in ihrer einladenden Hitze auf.

KAPITEL 23

Paige

Er hob mich hoch und drückte mich gegen die Wand. Ich konnte nicht mehr klar denken. Ich hatte den Rand einer Klippe erklommen und es würde nicht viel brauchen, um mich auf der anderen Seite hinunterzustürzen.

Er sah mir in die Augen und stieß mit seiner dicken Eichel gegen meinen Eingang.

Ich schlang meine Beine um ihn und zog ihn an mich.

„Paige", flüsterte er. „Liebes."

Mit einem Stoß vergrub er seine ganze Länge in mir.

Mein Körper bebte, als Wellen der Lust mich durchströmten, und mit ihnen kam ein Gefühl, das noch stärker war als die körperlichen Empfindungen - eine tiefe, unnachgiebige Verbindung zwischen uns.

Sein Blick wich nicht von meinem. Seine Leidenschaft war eine Naturgewalt, die von seinem Körper ausstrahlte und mich in ihrer Intensität verschlang. Er zog sich zurück, dann stieß er wieder vor, mit langsamen, sicheren Bewegungen, die bedächtig und voller Fürsorge waren.

Die Hitze des Augenblicks wurde immer größer, bis sie fast nicht mehr zu ertragen war.

In meinem Kopf drehte sich alles vor Vergnügen, als wäre ich auf einer schwindelerregenden Kirmesfahrt. Über allem schwebten seine Augen, die meine nie verließen, ein Blick, der so leidenschaftlich war, dass er jeden Teil von mir zu durchdringen schien.

Meine Haut errötete vor Verlangen, als er tiefer und schneller in mich eindrang und die Intensität immer weiter steigerte, bis ich glaubte, ich würde vor Lust platzen.

Wir verloren die Kontrolle. Unsere Körper bewegten sich wie ein einziger, unsere Hüften trafen sich bei jedem Stoß und trieben uns höher und höher. Das Wunder, mit meiner ersten und letzten Liebe zusammen zu sein, verzehrte mich.

Bei jeder Bewegung flüsterte er meinen Namen. Seine Hände erforschten meinen Körper mit Ehrfurcht, sein Blick verließ meinen nie und vermittelte ohne Worte die Stärke seiner Gefühle für mich.

Meine Haut errötete und Wärme strahlte von der Stelle aus, an der wir miteinander verbunden waren.

Wir erreichten gemeinsam den Gipfel und mit einem letzten Stoß zerbrachen wir. Wir klammerten uns aneinander, atemlos und zitternd von den Nachwirkungen unserer Liebe.

Und in diesem Moment wurde mir klar, wie sehr er sich um mich sorgte, nicht nur durch die Art und Weise, wie er mit mir Liebe machte, sondern auch durch die Art, wie er mich mit solcher Zärtlichkeit ansah. Seine Augen leuchteten vor Bewunderung, als ob ihm nichts anderes mehr bedeutete als dieser Moment zwischen uns.

Am nächsten Morgen wachte ich in seinen Armen auf, während das Sonnenlicht durch das Zimmer fiel. Seine Arme legten sich fest um mich und machten deutlich, dass er ahnte, dass ich wach war.

Als ich mich über ihn erhob, blickte ich in seine wunderschönen blaugrünen Augen, in denen ich spürte, dass sie nach Lust und Laune Zerstörung anrichten konnten. Jetzt enthielten sie nur Liebe und Hoffnung.

Ich streichelte ihn und genoss die Noppen an den Seiten seines Schwanzes. Sie bebten. Bald war ich gefangen in dem Wunder, einfach bei ihm zu sein. Auf ihm gespreizt, sank ich auf seine Länge und nahm ihn ganz in mich auf.

Wir bewegten uns zunächst langsam und mit erlesener Zärtlichkeit, bevor unsere Gefühle uns einholten. Er hob mich grob an, um mir entgegenzukommen, hielt meine Hüften fest und drückte mich auf seine Länge.

Er fand meine Klit und massierte sie, während seine Augen auf meinen ruhten.

Zu schnell wurde ich von dem Moment eingeholt. Er stürzte über mich hinweg und verschlang mich. Ich sackte auf seiner Brust zusammen, während er noch ein paar Mal in mich hineinpumpte, bevor sein Stöhnen durch den Raum hallte.

„Ich weiß nicht, wohin das führen soll", sagte er sanft in mein Haar. „Wir haben noch nicht über eine Zukunft gesprochen. Aber ich möchte, dass du weißt, dass ich bei dir bin, egal wohin du gehst. Ich will nur an deiner Seite sein Paige."

„Darrow", erwiderte ich, meine Stimme schwer vor

Rührung. Da er so viel größer war als ich, konnte ich seinen Mund nicht erreichen, also verteilte ich Küsse auf seiner Brust. „Willst du, dass ich hierherziehe, um bei dir zu sein, oder willst du zu mir nach Monsterville kommen?"

Er wälzte sich, bis ich unter ihm lag und umfasste mein Gesicht. „Meinst du das ernst? Wir zusammen, für immer?"

Ich grinste. "Ich kann mir nichts Schöneres vorstellen, als mit dir zusammen zu sein."

Er küsste mich und zwischen uns entstand eine Hitzewelle. Seine Finger ...

Jemand klopfte an die Tür.

„Das wird langsam zur schlechten Angewohnheit", sagte er mit einem leisen Lachen.

„Entschuldigung Prinzessin?", rief eine weibliche Stimme. „Lady Monica bat mich, Sie zu wecken. Sie sagte, ich solle Sie wecken ..."

„Da ist wieder dieses Wort", seufzte ich.

„Bist du nicht schon ... aufgewacht?", flüsterte Darrow mir ins Ohr.

Ich nickte. Das war ich. Sehr wach.

„Das Frühstück wartet, und dann geht's zum Schlittenfahren auf den Vorgarten", erklärte die Frau. „Kann ich ihr ausrichten, dass Sie runterkommen?"

„Ja", rief ich. „Ich würde gerne Schlitten fahren."

„Lord Darrow hat nicht auf mein Klopfen reagiert. Soll ich noch einmal versuchen, auch ihn zu wecken, vielleicht mit einem lauteren Klopfen?"

„Ich ähm wecke ihn", erwiderte ich und zwinkerte ihm zu. „Trotzdem danke!"

„Sehr gut", sagte sie. „Ich werde Lady Monica sagen,

dass Sie prompt erscheinen werden." Ihre Schritte verklangen im Flur.

„Prompt ist ein relativer Begriff oder?", fragte ich ihn.

„Bei dir kann ich sehr prompt sein." Er nahm eine Flasche mit Schokoladensoße vom Nachttisch und grinste, als er etwas davon auf meine Brust träufelte. Dann fing er an, sie abzulecken.

Nachdem wir uns geduscht und angezogen hatten, gingen wir zum Frühstück und füllten die Teller am Buffet.

Granny Vi und Onkel Bub hatten es vorgezogen auszuschlafen, aber der Rest unserer Freunde plauderte über das Schlittenfahren. Nachdem wir fertig waren, zogen wir unsere Winterkleidung an und gingen nach draußen, wo uns Bart mit Poppy an der Hand auf dem Vorgarten begrüßte.

Leuchtend blaue und gelbe Plastikschlitten gruppierten sich um ihn.

„Wenn ihr alle hierherkommt, erkläre ich es", sagte er und schob seine Hufe durch den Schnee, während wir über die Einfahrt schlenderten. „Wählt einen Schlitten. Paare oder Einzelpersonen, das spielt keine Rolle. Es gibt genug Schlitten für alle."

Er winkte mit einem Huf in Richtung des steilen Hügels hinter ihm. Hinter einem langen Stück Schnee wartete ein Wald, aber das Land fiel vorher ab, sodass man leichter zum Stehen kommen konnte, ohne durch das Gestrüpp zu pflügen. „Wenn ihr unten angekommen seid", erklärte er, „werden Mitarbeiter darauf warten, euch und eure Schlitten wieder hochzubringen. Irgendwelche Fragen?"

Wir zuckten alle mit den Schultern und stampften aufgeregt mit den Füßen.

„Zusammen fahren?", fragte Darrow und drückte meine mit Fäustlingen bekleidete Hand.

Auf mein Nicken hin wählte er einen langen gelben Schlitten aus und wir setzten uns drauf, wobei er hinter mir saß, seinen Arm um meine Taille gelegt hatte und seine Fersen an den Seiten heraushingen.

Der dicke Schnee glitzerte im Sonnenlicht, als wir oben auf dem Hügel saßen.

Bart und Poppy fuhren zuerst los. Sie hob die Hände über den Kopf und quiekte, während er den Schlitten steuerte.

Mein Herz klopfte gegen meine Brust, die Vorfreude auf das, was kommen würde, ließ meinen Puls flattern. Ich holte tief Luft und atmete die herrliche Winterluft ein, den Geruch von Kiefernholz und den knackig kalten Duft von Schnee. Schnee roch eigentlich nach gar nichts, aber so kam es mir vor.

Darrow schob uns vorwärts und legte seinen Arm um mich. „Halt dich fest!" Er gab uns einen sanften Schubs, und schon schlitterten wir los, erst langsam, dann immer schneller den Hügel hinunter.

Um uns herum sausten unsere Freunde ebenfalls den Hang hinunter. Rylee fuhr mit Gunner und Monica mit Trevor, aber Elisa und Raze hatten getrennte Schlitten gewählt.

Der Schnee knirschte unter uns. Ein Kribbeln durchfuhr meine Adern, als wir schneller wurden, meine Haare flogen hinter mir her und die kalte Winterluft stach mir ins Gesicht.

Darrow johlte und meine Stimme gesellte sich dazu. Ich hob meine Arme in die Luft und gab mich dem unglaublichen Gefühl hin, über den Schnee zu fliegen.

Mein Lachen ertönte gedämpft durch den Wind. Ich hatte mich noch nie so lebendig, so beschwingt, so unglaublich glücklich gefühlt. Mit Darrow zusammen zu sein war alles, was zählte.

An einer Steigung hoben wir vom Boden ab und prallten wieder zurück, bevor ich nach Luft schnappen konnte. Lachend rutschten wir weiter und steuerten auf die Steigung zu, wo wir langsamer wurden.

Das leise Brummen eines Motors durchbrach den Moment. Eine schwarze Limousine fuhr gemächlich die Einfahrt hinauf und überholte uns.

Unser Schlitten kam zum Stehen, als das Auto vor dem Schloss anhielt.

Darrow kletterte vom Schlitten und reichte mir seine behandschuhte Hand, um mir auf die Füße zu helfen. Das Personal eilte herbei, um ihm den Schlitten abzunehmen.

„Hier entlang", sagte eine weibliche Gargoyle, die ihre Flügel ausbreitete, bevor sie sich zu ihrem Rücken niederließen. Sie hielt die Hintertür eines dreisitzigen Geländewagens auf; Darrow und ich kletterten hinein und gesellten uns zu den anderen.

Die Gargoyle setzte sich auf den Fahrersitz und brachte uns zur Vorderseite des Schlosses zurück.

Während unsere Freunde zum Hügel eilten, um wieder zu rutschen, öffneten sich die Vordertüren des schwarzen Autos. Ein Paar kletterte heraus.

Mir stockte der Atem.

Ich starrte meine Eltern an.

KAPITEL 24

darrow

Ich wartete mit Paige, als sich ihre Eltern zu uns gesellten und war mir nicht sicher, was ich fühlte. Ein Teil von mir wollte wütend auf sie sein, während ein anderer Teil von mir nur Traurigkeit empfand. Ich wusste, warum sie sie weggebracht hatten, aber das hielt meine Wut nicht davon ab, in mir aufzublühen.

„Paige", sagte Francine mit zitternder Stimme, die Hände nach ihrer Tochter ausgestreckt, als wolle sie sie mir noch einmal entreißen. Dieses Mal würden sie dafür sorgen, dass wir uns nie wieder sehen.

Ich hatte Francine und Franklin seit zehn Jahren nicht mehr gesehen, aber sie sahen nicht viel anders aus als damals, als ich oft zum Essen eingeladen worden war und mich willkommen genug gefühlt hatte, um nach der Schule in ihr Haus zu spazieren und die Keksdose auf dem Küchentisch zu plündern.

Ihre Gesichter spannten sich an, als sie vor uns stehen blieben.

„Du musst sofort mit uns gehen", erklärte Francine und

wandte ihren flehenden Blick zu Paige. „Bitte. Er wird dir wehtun."

Paige lehnte sich an meine Seite. „Darrow würde so etwas nie tun. Ihr seid diejenigen, die mir wehgetan haben. Wie konntet ihr mich aus Petrified Woods holen, wo ihr doch wusstet, wie viel er mir bedeutet?"

„Er wird dich in Stein verwandeln", zischte Franklin und seine Hand schnellte in meine Richtung. „Sieh ihn dir an. Er ist eine Medusa. Ein Ungeheuer."

„Die einzigen Monster hier seid ihr beide", erwiderte Paige. Ihre Stimme brach. „Ich kann nicht glauben, dass ihr mir das angetan habt. Mit Darrow. Ich habe ihn geliebt und ihr habt mich ihm weggenommen."

Mein Herz schlug höher, als ich hörte, wie sie sich für mich einsetzt, als ich von ihrer Liebe erfuhr. Sie hat sich für uns eingesetzt.

„Er ist ein scheußliches Biest", knurrte Francine. „Sieh dir sein Haar an." Ihr Finger schnippte mit einer der Strähnen, und der Rest reagierte auf meine Wut und flatterte um meinen Kopf herum. Sie keuchte. „Es ist lebendig! Er hat Schlangen auf seinem Kopf und seine Haut hat die Farbe von Asche. Sieh ihm niemals in die Augen. Sie werden sich gegen dich wenden und dann ist es vorbei!"

„Komm mit uns. Bitte", sagte Franklin und seine Stimme wurde leiser. „Lass ihn hier bei den anderen Monstern."

Paige hob ihr Kinn. „Das werde ich nicht. Ich bin erwachsen. Ich treffe meine eigenen Entscheidungen und ich bleibe bei Darrow."

Francine richtete ihre stechenden Augen auf mich und spießte mich auf der Stelle auf. „Wie viele?", bellte sie.

„Entschuldige?", fragte Paige, die ihren verwirrten Blick von mir zu ihren Eltern schweifen ließ.

Blei verfestigte sich in meinem Bauch. Wie ein Flugzeug, das sich in einer Spirale auf den Boden zubewegt, konnte ich den Absturz nicht mehr verhindern.

„Wie viele?", rief Franklin. „Oder sind es schon zu viele, um sie zu zählen?"

„Siebzehn", erwiderte ich mit dumpfer Stimme. Ich wusste sehr wohl, was sie meinten.

„Und jetzt machts du daraus achtzehn", knurrte Francine, wobei sich ihre Stimme zu einem Schrei erhob. „Zwanzig, wenn wir uns dir weiterhin in den Weg stellen, habe ich recht?"

„Worüber redet ihr?", fragte Paige, wobei ein Wimmern in ihrer Stimme mitschwang.

Ich starrte auf den Boden. Wenn ich es nicht tat, würde ich den Zorn, der in mir kochte, an ihnen auslassen. Der Boden unter meinen Füßen bewegte sich, gab nach und wurde zu Stein.

„Sieh nur", rief Francine und taumelte zurück, weg von dem Gestein, der sich unter ihren Füßen bildete. „Schau! Er macht es vor unseren Augen." Sie stürmte nach vorne und zerrte an Paiges Arm, aber meine Liebste blieb neben mir stehen.

Würde sie bei mir bleiben, wenn sie wüsste, was ich getan habe?

„Ich habe gelernt, es zu kontrollieren", erwiderte ich steif.

„Ich habe nicht den Eindruck, dass es so ist", sagte Franklin.

„*Ich* mache es möglich", murmelte ich und bat sie um Verständnis. „Nicht andersherum."

Franklin stapfte näher heran, sein Gesicht war so rot, dass ich dachte, er würde explodieren. „Siebzehn zeigt überhaupt keine Kontrolle. Sieh auf den Boden. Deine Hände sind zu Fäusten geballt. Du bist ein abscheuliches Monster, das alles in Sichtweite in Stücke reißt."

„Bitte", schlichtete Paige und blickte zu mir. „Worüber reden sie?"

„Er hat siebzehn Menschen mit einem Blick in seinen Augen zu Stein verwandelt", sagte Francine spöttisch. „Er ist eine furchtbare Bestie. Du wirst die Nächste sein Paige. Denk an meine Worte."

„Du hast siebzehn Menschen in Stein verwandelt?", fragte Paige und zog die Schultern nach vorne. „*Siebzehn*?"

Ich konnte die Anschuldigungen in ihren Augen nicht ertragen.

Während sie mich anstarrte, drehte ich mich auf dem Absatz um und schlich den Weg entlang, der sich um das Schloss schlängelte.

Als ich am Ende des Gebäudes ankam, drehte ich mich zur Rückseite des Schlosses und rannte los.

KAPITEL 25

paige

„Darrow", rief ich ihm hinterher, während mein Herz schmerzte und meine Welt zusammenbrach. „Darrow!"

Er drehte sich nicht um. Nein, er ging schneller und begann zu rennen, als er die Seite des Schlosses erreichte und verschwand um die Ecke.

„Siehst du?", sagte Mom und hielt mich fester am Arm. „Er flieht, was viel besser ist, als uns alle zu versteinern. Wir werden schnell deine Sachen packen und dich von hier wegbringen. Es tut mir leid, dass du erfahren musstest, was für ein Schuft er ist, aber vielleicht ist es besser so."

Dad warf mir einen ernsten Blick zu. „Er hat deine liebenswerte Art ausgenutzt, Schatz, aber das ist vorbei. Wir bringen dich an einen Ort, wo er dich nie wieder finden wird."

„Deshalb seid ihr so schnell weggezogen, nicht wahr?", fragte ich.

„Innerhalb einer Woche nach der Rettung aus dem Labor des Wissenschaftlers hatte er zwei arme Seelen versteinert und wir wussten, dass du die nächste sein würdest", erwiderte Mom. „Wie hätten wir dich sonst beschützen können?"

Mir stachen die Tränen in die Augen und ich versuchte, mich loszureißen, aber ihre Finger krallten sich in meine Haut. Genau wie vor zehn Jahren würden sie eine Entscheidung für mich treffen, ohne mir ein Mitspracherecht zu geben. „Ihr habt mich ihm weggenommen, als er mich am meisten brauchte."

„Sei nicht so dramatisch", sagte Mom. „Du warst sechzehn, ein Kind. Du hattest keine Ahnung vom Leben oder von denen, die dir wirklich schaden konnten."

„Er wurde verändert, und das war's", grummelte Dad. „Der Darrow, den du damals kanntest, starb und er wurde durch ein silbernes Monster ersetzt, das mit einem Blick töten kann. Wir hatten keine Wahl. Wir mussten gehen oder zulassen, dass er diesen schrecklichen Blick auf dich richtet."

„Ich war kein Kind", erwiderte ich und blickte zur Seite des Schlosses, in der Hoffnung, dass er zurückkommen würde. „Ich habe ihn geliebt. Ich liebe ihn *immer noch*. Und ich werde ihn suchen und es ihm sagen."

Ich riss mich von Mom los und rannte den Weg entlang, wobei ich die Arme ausbreitete, um nicht auf dem rutschigen Gehweg zu stürzen.

„Darrow", rief ich und wirbelte gerade noch rechtzeitig um die Seite des Gebäudes, um ihn in das Labyrinth weit oben auf dem Hügel treten zu sehen.

Er schaute nicht in meine Richtung.

Ich rannte hinter ihm her und wünschte, meine Stiefel hätten Stollen, denn meine Füße rutschten hin und her. Außer Atem und mit eiskalten Wangen erreichte ich schließlich das Labyrinth. Ich rannte den Weg rechts hinunter und bog an der Ecke ab, um mich langsam auf den Mittelpunkt zuzubewegen - oder dorthin, wo ich glaubte, dass es der Mittelpunkt sein musste.

„Darrow", brüllte ich, aber er antwortete immer noch nicht. Das erinnerte mich an die Zeit, als er mich gejagt und ich mich im Labyrinth versteckt hatte. Ich war verletzt, und ich stellte mir vor, dass er es jetzt auch war. „Darrow? Darrow! Ich werde nicht aufgeben. Ich habe meinen Eltern die Meinung gesagt und soweit ich weiß, gehen sie weg. Ohne mich. Hast du das gehört? Ohne mich! Ich bleibe hier, auch wenn das bedeutet, dass ich im Labyrinth erfrieren werde, obwohl ich hoffe, dass du mich findest und mich wieder aufwärmst. Verdammt, wo bist du? Warum willst du nicht mit mir sprechen?"

Ich kam in einer Sackgasse zum Stehen und ging zurück zu einer Kreuzung, wobei ich in beide Richtungen blickte. Unsicher, in welche Richtung ich gehen sollte, schaute ich nach oben und versuchte abzuschätzen, wo ich mich innerhalb des Labyrinths befand. Wenn ich richtig vermutete, befand sich der Mittelpunkt links von mir - ein oder zwei Heckenreihen entfernt.

Was soll's, wenn ich nicht durchtreten kann ...

Ich kletterte auf eine Bank und stürzte mich über die Heckenreihe.

Mit einem markerschütternden Schrei fiel ich drüber.

Der Boden raste auf mich zu und ...

KAPITEL 26

darrow

Es war richtig, sie bei ihren Eltern zu lassen. Wenn ich bei ihr geblieben wäre, hätte ich sie angefleht. Betteln ist nichts Schlimmes, aber ich wollte, dass sie selbst entscheidet, ob sie mit ihnen geht oder hier bei mir bleibt.

Das zu tun, was sie getan haben, wäre falsch. Ich würde sie nie dazu zwingen, mit mir zusammen zu sein.

Warum saß ich dann auf einer Bank in der Mitte des Labyrinths und fror mir den Arsch ab, während sie meinen Namen rief und versuchte, den Weg in die Mitte zu finden?

Ich war ein Feigling, der immer noch in der Vergangenheit feststeckte, ein Teenager, der dachte, er hätte alles, nur um es dann gestohlen zu bekommen.

„Darrow? Darrow!", rief sie.

Ich blieb auf der Bank sitzen.

Jep, definitiv feige.

„Ich gebe nicht auf", sagte sie. „Ich habe meinen Eltern die Meinung gesagt und soweit ich weiß, gehen sie weg. Ohne mich. Hast du das gehört? Ohne mich! Ich bleibe hier, auch wenn das bedeutet, dass ich im Labyrinth erfrieren werde, obwohl ich hoffe, dass du mich findest und mich wieder aufwärmst. Verdammt, wo bist du? Warum willst du nicht mit mir sprechen?"

Ihre Stimme verstummte und als ich nicht hörte, wie sie sich bewegte oder wieder rief, begann ich zu glauben, dass sie gegangen war.

In diesem Moment fiel sie über eine Hecke.

Schluckend sprang ich von der Bank und stürzte mich auf sie, um sie aufzufangen, bevor sie auf den Boden fiel.

Ich ging zurück zur Bank und setzte mich mit ihr in meinen Armen. Wenn ich klug wäre, würde ich sie absetzen. Sie sollte selbst entscheiden, ob sie von mir gehalten werden wollte oder nicht.

Sie sah zu mir auf. „Hey."

„Hey." Ich blinzelte unsicher, was ich sagen sollte.

„Ich weiß, dass dein Leben in den letzten zehn Jahren hart gewesen ist", seufzte sie. „Ich wünschte, ich könnte die Zeit zurückspulen und vor meinen Eltern weglaufen und dich finden. Ich würde dich in den Arm nehmen und dir sagen, dass alles gut werden wird. Es tut mir so leid. Ich hätte alles infrage stellen sollen, als sie mir sagten, du wärst tot."

Es war an der Zeit, dass ich ihr alles erzählte. Erst dann konnte sie wirklich entscheiden, was sie tun wollte. Wenn sie sich dafür entschied, wegzugehen, würde ich sie gehen lassen. Zumindest wüsste sie dann die ganze Wahrheit.

„Nachdem ich entführt worden war, steckte mich der Wissenschaftler in eine Maschine. Ich spürte die Wellen auf meiner Haut. Dann wurde ich gerettet. Ich dachte, es sei vorbei, aber am Tag danach wachte ich mit silberner Haut und diesem Haar auf." Ich schnippte an einer der dicken Strähnen und sie schlängelte sich zu ihr, bevor sie sich wieder auf meiner Schulter niederließ. „Ich dachte okay, cool, damit kann ich leben. Aber dann kam ein Nachbar zu Besuch zu Dad. Ein Blick von mir und er wurde zu Stein."

„Darrow", erwiderte sie leise und legte ihre Arme um meine Schultern.

„Mom ist abgehauen, ohne sich zu verabschieden. Dad blieb, aber ich glaube nicht, dass er mich jemals auf die gleiche Weise sah." Ich sprach stoisch, nachdem ich mit dem, was danach geschah, abgefunden hatte. Damals war ich jedoch genauso entsetzt gewesen wie alle anderen. „Als mir klar wurde, was ich getan hatte, lief ich weg. Aber ich bin ein Mensch, wenn auch nur innerlich und ich brauche die Nähe von Menschen genauso wie jeder andere. Ich schlich zurück nach Hause und sagte mir, dass ich mich beherrschen könnte, dass ich dafür sorgen würde, dass meine Augen es nicht wieder tun würden. Aber sie taten es. Bald stand eine weitere Statue auf meinem Rasen, beide mit angstverzerrten Gesichtern. Das habe ich mit ihnen gemacht."

„Du tust es nicht mehr."

„Oh doch", sagte ich und mein reumütiges Lachen entglitt mir. „Aber wenn es jetzt passiert, dann nur, weil ich es will. Jeden, den ich heutzutage verändere, verändere ich mit Absicht."

„Wie wurden aus zwei Menschen siebzehn?", fragte sie.

„Das hast du mitbekommen, hmm?"

„War es ein Unfall?" In ihrer Stimme schwang nur Mitgefühl und Verständnis mit und es tat so weh, das zu hören. Ich sehnte mich danach, bei ihr zu sein. Von ihr geliebt zu werden. Ich wollte ihr zeigen, dass ihr Vertrauen in mich etwas bedeutete.

„Ich habe die letzte Gruppe verwandelt, um jemand anderem zu helfen." Ich erzählte von meinem Freund, einem Wolfswandler und seiner Gefährtin und wie ihre Mafia-Familie sie aufgespürt und angegriffen hatte. Dass ich mit unseren anderen Freunden in die Schlacht gezogen war, um sie zu unterstützen, und dass ich alle Gefolgsleute des Mafia-Lords in Stein verwandelt und nach Petrified Woods gebracht hatte.

„Jetzt hast du einen Haufen Statuen in deinem Vorgarten?" Selbst jetzt klang sie nicht entsetzt. Ich hatte das Gefühl, dass in ihrer Stimme ein Lachen durchkam.

Hatten wir eine Chance auf eine gemeinsame Zukunft?

„Ich kann es jetzt kontrollieren", erklärte ich. „Das habe ich herausgefunden, bevor ich siebzehn wurde. Und was noch besser ist, ich weiß, wie man es rückgängig machen kann. Diese Nachbarn? Sie sind keine Statuen mehr und obwohl sie mir lieber nicht in die Augen schauen, sind wir immer noch Freunde. Sie wissen, dass ich es nicht wollte, und sie haben mir verziehen."

„Was ist mit den Gefolgsleuten der Mafia?"

„Oh, ich habe die meisten von ihnen in ihre menschliche Gestalt zurückgebracht. Sie haben zugestimmt, sich neue Karrieren zu suchen und meine Freunde in Ruhe zu lassen."

„Die meisten."

„Einer von ihnen ist immer noch nicht bereit zu kooperieren."

„Ich verstehe. Scheint so, als bräuchte er mehr Zeit in

Stein." Sie grinste mich an und schlang ihre Arme um meine Schultern. Da wurde mir klar, dass sie keine Angst vor dem hatte, was ich tun konnte. Sie lief nicht weg. Die Freude darüber traf mich wie ein Steinblock an der Stirn und weckte mich auf.

„Du gehst doch nicht weg?", fragte ich verwundert.

„Willst du das?"

Ich schüttelte den Kopf und küsste sie.

Sie stöhnte, als sich unsere Münder trafen, und drehte sich zu mir, um sich an mich zu pressen und ihre Beine um mich zu legen. Ihre Wärme entflammte mich; ich nahm ihren berauschenden Duft und den Geschmack ihrer Leidenschaft in mich auf.

Ich schloss die Augen und genoss das Gefühl, wie sie meine Schultern, Arme und meinen Rücken streichelte.

Als wir uns schließlich trennten, wurde ich von einer Welle der Liebe überrollt. Mein Herz pochte. Als ich ihr in die Augen schaute, sah ich die Liebe, die ich empfand, in mir widergespiegelt.

„Ich liebe dich Darrow", sagte sie. „Ich gehe nirgendwo hin, es sei denn, du drängst mich zu gehen."

„Du brauchst dir keine Sorgen zu machen, denn ich dränge dich nie. Ich liebe dich auch Paige. Das war schon immer so und daran wird sich nie etwas ändern."

Ein Gefühl der Vollkommenheit erfüllte mich.

„Warum gehen wir nicht auf dein oder mein Zimmer, füllen die Wanne und steigen hinein?", sagte sie. „Oh und Schokoladensoße. Ich glaube, es könnte noch etwas in der Flasche sein."

„Es gibt nichts Besseres, wie ich meinen Nachmittag

verbringen würde", erwiderte ich, als ich sie immer noch in meinen Armen hielt.

„Dann bring mich zurück zum Schloss Darrow, damit ich mit dir machen kann, was ich will, und du mit mir", schmunzelte sie.

Und das taten wir.

KAPITEL 27

Epilog

PAIGE

Der folgende Frühling

„Stell ihn da ab", sagte ich zu unserem Ork-Freund Max, als er an mir vorbeiging und einen Karton aus dem Umzugswagen trug, der vor der Tür stand. Ich sprang auf und streichelte das seidige schwarze Haar seiner halb menschlichen Tochter Sydnee, die in einer Babytrage auf seinem Rücken saß. Sie gluckste und grinste.

Darrow hielt inne, als er Max in den Flur folgte und gab mir einen Kuss. Als er zurücktrat, fiel sein bewundernder Blick auf den funkelnden Ring an meiner linken Hand.

„Ich kann unsere Hochzeit kaum erwarten Liebes", flüsterte er und hob mich in eine feste Umarmung.

Bis wir alles für unsere Hochzeit vorbereiten konnten (mithilfe der Hochzeitsplaner von Elisa und Raze), zogen wir zusammen. Wir hatten ein hübsches Haus in Monsterville gekauft, ein paar Türen weiter von Chastity und Max.

„Diese Terrasse", staunte Chastity, die von draußen hereinkam, „ich habe mir den Hintern abgefroren, aber der Ausblick war es wert." Sie legte den Kopf schief und schaute in Max' Richtung. „Ich glaube, ihre Aussicht ist sogar schöner als unsere Schatz. Was denkst du?"

Sydnee gluckste und strampelte mit den Füßen, als sie ihre Mutter sah.

„Nichts geht über unsere Aussicht." Max grinste und schüttelte den Kopf, während er mit ihr im Schlepptau den Flur entlangging.

Die Haustür flog auf und Poppy und Bart stürmten herein, die Arme voller Topfpflanzen.

„Wir haben sie so schnell wie möglich hineingebracht", schnaufte Poppy und schaute sich nach einem Platz um, an dem sie eine Pflanze abstellen konnte. „Wo sollen wir sie hinstellen?"

Ich deutete in Richtung des Wohnzimmers zu meiner Linken. „Vielleicht in der Nähe der Wand? Ich werde sie später umstellen, wenn ich mir überlegt habe, wo ich die Couch hinstellen werde."

Nachdem sie die Pflanzen abgestellt hatten, nahm Bart Poppy in die Arme. Während sie quietschte, trug er sie durch die Eingangstür. Wie ich die beiden kannte, konnte es eine Weile dauern, bis sie mit mehr Pflanzen zurückkommen würden, die sie in ihrem Auto transportiert hatten. Sie waren vor zwei Wochen durchgebrannt und sie half ihm jetzt bei der Leitung seiner Schlosshochzeiten. Sie trug jeden Tag lange Kleider und gewöhnte sich an ihre Rolle als neue Königin des Schlosses.

Er hatte (glaube ich) seine Mitarbeiter davon überzeugt, dass ich keine Prinzessin war, obwohl eine der Frauen mir kürzlich eine Nachricht zukommen ließ, in der sie ihre Trauer darüber zum Ausdruck brachte, dass mir mein Recht zu regieren entrissen worden war. Sie sagte, sie würde gerne eine Social-Media-Kampagne in meinem Namen starten, um meine Wiedereinsetzung als Thronfolgerin zu fordern. Ich hatte mich bei ihr bedankt und ihr gesagt, dass ich gerne inkognito lebe und dass ich wirklich keine Prinzessin bin. Sie antwortete nicht.

„Wir brauchen hier draußen Hilfe", rief Granny Vi aus dem Vorgarten. „Du musst uns sagen, wo Raze das hintun ... Ist das ein echter Mensch oder nur eine Statue? Ich schwöre zwischen Darrows Statuengeschäft, seinen Schnitzereien und diesen vagen Gerüchten über Medusen ist es verdammt schwer zu sagen."

Darrow und ich schnaubten uns gegenseitig an, bevor wir uns Mäntel und Handschuhe anzogen und nach draußen eilten.

Granny Vi und Onkel Bub standen auf dem Gehweg, eingemummelt in dicke, passende Mäntel mit weißem Flaum an den Kapuzen. Sie stützten sich auf ihre Stöcke und sahen zu, wie Raze im Alleingang eine Statue eines Mannes auf der Schulter trug und mit seinen glänzenden schwarzen Schuhen die Rampe des großen Umzugswagens hinunter polterte. Selbst jetzt trug er einen Designeranzug, der ihm gut stand und ihm trotz seines stämmigen Oger-Aussehens einen Hauch von Kultiviertheit verlieh.

„Ich finde Raze sollte ihn zu den Kobolden stellen", sagte Granny Vi und deutete mit ihrem Stock auf die Gruppe kniehoher Gestalten, die unter einem blattlosen Baum standen. Einer von ihnen bewegte sich. Glaube ich. Ich runzelte die Stirn, konnte es aber nicht erkennen.

Kobolde hatten sich nicht in die Menschenwelt begeben oder?

Raze ging mit der Statue in diese Richtung, seine Brille beschlug bereits von der kühlen Luft.

„Eigentlich", erwiderte Bub und deutete in die andere Richtung. „Vielleicht sollte er ihn zu den Rehen stellen." Er blinzelte. „Sind das echte Rehe? Verflixt, aber sie sind lebensecht. Erstaunliche Arbeit Darrow."

Raze drehte sich um und stapfte durch den Schnee in die entgegengesetzte Richtung.

„Die sind nicht echt", rief Darrow, nahm meine Hand und drückte sie. Er kaufte Plastikfiguren für den Rasen von einem Phönix, der in die Stadt gezogen war, und verwandelte sie dann in Stein. Wir dachten, es könnte lustig sein, eine komplette Weihnachtsausstellung auf dem Rasen aufzustellen und neun Rentiere einzubauen. Wir würden jedes Mal lächeln, wenn wir sie sahen und es wäre eine großartige Werbung für das Bildhauergeschäft, das Darrow hier in Monsterville eröffnen wollte.

„Die sehen verdammt echt aus", staunte Bub und schüttelte den Kopf. „Wir müssen rein, bevor wir uns den Hintern abfrieren stimmt's Elvira?"

Auf ihr Nicken hin humpelten sie den Weg entlang, gingen an uns vorbei und betraten das Haus.

„Du kannst ihn absetzen ..." Darrow runzelte die Stirn in Raze's Richtung. „Nun wo immer du willst."

Mit einem Grunzen ließ Raze die Statue neben dem Weg herunter. Der steinerne Kerl starrte auf die Straße, die Hand erhoben und mit dem Finger zeigend. Der finstere Blick, den er beim letzten Mal hatte, als Darrow ihn aufgetaut hatte, blieb. Er war immer noch nicht bereit, unsere

Freunde Luna und Storm in Ruhe zu lassen, also würde er so lange steinern bleiben, bis wir ihn im nächsten Frühjahr wieder auftauen würden.

Raze runzelte die Stirn, als er die Statue anstarrte und den Kopf schief legte. Er schob seine Brille nach oben und beugte sich nahe heran, um das Gesicht des Mannes zu studieren, wobei er mit seinen Stoßzähnen an seiner Oberlippe nagte. „Das muss etwas von Darrows Kunst sein. Ich bin mir aber nicht sicher, ob ich ganz verstehe, was du damit bezweckst."

„Der da heißt Reflexion", erklärte Darrow. „Ich glaube eines Tages werde ich ihn in Erlösung umbenennen können."

Raze grunzte. Sein Blick suchte Elisa, die auf die Terrasse gekommen war und Sydnee in ihren Armen hielt. Sie sang dem kleinen Mädchen leise etwas vor, während Sydnee mit den Füßen strampelte und quietschte. Die Sehnsucht in Razes stoischem Blick ließ mein Herz schmerzen. Im letzten Monat hatten sie sich, soweit ich das beurteilen konnte, nicht geeinigt, aber ich hatte immer noch die Hoffnung, dass sich etwas Wunderbares zwischen ihnen entwickeln würde.

„Ich habe mit Venom gesprochen", flüsterte Darrow.

„Am Telefon?", fragte ich.

„Kannst du dir Venom am Telefon vorstellen?"

Grinsend schüttelte ich den Kopf. „Nun, nein. Aber auch Dämonen müssen mit Menschen kommunizieren, die nicht vor ihnen stehen."

„Ich kann mir vorstellen, dass er überall auftauchen kann, wenn er ein Gespräch führen muss", erwiderte Darrow. „Ich habe ihn allerdings heute Morgen in der Stadt gesehen. Als ich ihm unsere Situation erklärte, sagte er mir, er würde später vorbeikommen und sehen, ob er unseren Steinmann zur Kooperation überreden kann. Hier draußen könnte es heiß hergehen."

Ein Dämon. Heiß. Mein Lachen ertönte und alle sahen in meine Richtung. „Was?", fragte ich und breitete meine Hände aus. „Ich bin glücklich."

Darrows Arm legte sich um meine Schulter und er küsste mich auf den Kopf. „Ich auch. Könnte nicht glücklicher sein."

„Auflauf", rief Rylee und eilte mit Gunner und ihrem kleinen Sohn Josh hinter ihr den Weg entlang. „Ich habe euch Abendessen gemacht." Sie blieb neben uns stehen und grinste. „Wo soll ich es hinstellen?"

„Auf dem Tresen in der Küche. Vielen Dank", sagte ich. Storm und Luna waren vorhin mit Essen aus Storms Restaurant vorbeigekommen und auch Violet und Goreg kamen mit Gebäck und Muffins vorbei. Wenn das so weitergeht, würden wir genug Essen für einen Monat haben.

Nachdem wir den Rest unserer Sachen hineingetragen hatten, bedankten wir uns herzlich bei allen für ihre Hilfe und verabschiedeten uns.

Wir schlossen die Haustür ab und lehnten uns dagegen. Lächelnd betrachteten wir das Durcheinander, das wir beseitigen mussten, bevor wir unser Leben in Ordnung bringen konnten.

Darrow drehte sich um und fasste mir an die Wangen. Seine wunderschönen blaugrünen Augen trafen meine. „Was sollen wir zum Abendessen essen Liebes?"

„Hmm." Ich grinste. „Ich glaube, wir haben noch etwas Schokoladensoße im Kühlschrank."

Ich hoffe, die Geschichte von Darrow und Paige hat dir gefallen!

Der nächste ist Uptown Oger . . .

Meldet euch für meinen Newsletter an und erhaltet ein kostenloses Buch!
Geleitschutz für einen Alien

über den autor

Ava Ross ist *USA Today*-Bestsellerautorin mit zahlreichen veröffentlichten Werken. Sie verliebte sich in Männer mit ungewöhnlichen Merkmalen, als sie zum ersten Mal *Star Wars* sah, wo außerirdische Kreaturen zum Mainstream geworden sind. Sie lebt mit ihrem Mann (der leider kein Außerirdischer ist, obwohl er auf seine Art trotzdem süß ist), ihren Kindern und ein paar Haustieren in Neuengland.

serien auf deutsch von ava

Galaxie-Spiele

Bestialischer Alien-Boss

Die Schicksalsgefährten der Ferlaern-Krieger

Feiertagsdate mit einem Alien
(Frost, Sleye)
(Science-Fiction Weihnachtsgeschichten)

Monsterville

uptown oger

Ein Oger im Anzug tut so, als wäre er mein Freund und ich glaube, ich bin dabei, mich zu verlieben.

Nachdem ich von einem hinterhältigen Hochzeitsplaner, der jetzt auch mein Ex ist, aus meiner Kleinstadt vertrieben wurde, zog ich für einen Neuanfang nach Monsterville. Dort stehe ich in direkter Konkurrenz mit dem heißesten Oger der Stadt, Raze. Er ist zu eingebildet und versnobt, als dass es ihm guttut und er trägt ständig Designeranzüge und Krawatten. Ich frage mich manchmal, ob er sie auch im Bett trägt.

Als mein Ex in Monsterville auftaucht und mich zurückgewinnen will, bietet Raze mir an, sich als mein Freund und Geschäftspartner auszugeben. Erst als mein Ex versucht, mich bei einer königlichen Feenhochzeit zu überbieten, stimme ich zu. Mit vereinten Kräften werden Raze und ich den Auftrag gewinnen und meinen Ex zum Teufel jagen.

Je mehr Zeit ich jedoch mit Raze verbringe, desto mehr wünsche ich mir, er wäre mein richtiger Freund. Kann ich ihn davon überzeugen, dass ein Oger und ein Mensch die perfekte Monsterpaarung sind?

Uptown Oger spielt in der Monsterville, USA-Serie. Jedes Buch kann für sich alleinstehen, aber am besten liest man sie in der Reihenfolge. Freu dich auf romantische Verwicklungen mit Monstern, erotische Momente und Happy Endings.

Entdecke die ganze Welt von Monsterville!
Candy for my Ork Boss
Ork Me Baby One More Time
Gargoyles Just Want to Have Fun
Don't Go Knotting My Heart
Whose Bed Have Your Claws Been Under?
Uptown Oger
Oops, I Elf'd it Again
My Ork-y Breaky Heart
Hold Me Closer, Fiery Phoenix
Who Let the Dämon Out?

Printed in Poland
by Amazon Fulfillment
Poland Sp. z o.o., Wrocław

51275330R00104